노소동락

일러두기

이 책은 가게를 운영했을 당시 인스타그램(@nosodongrak)에 기록한 글을 바탕으로 만들어졌다. 저자의 이야기가 생생하게 와닿을 수 있도록 에피소드마다 업로드 날짜를 함께 적었다.

老 少 同 樂
노소동락

지은이 손 일

푸른길

머리말

한때는 국립대학 교수였고, 명퇴 후 여기저기 기웃거렸다. 그러다 더 늦기 전에 몸 쓰는 일을 해야겠다고 송파경찰서 뒤편에 작은 선술집 〈동락〉을 차렸다. 지금이야 가게를 그만둔 지 2년이나 됐지만, 아침에 눈 뜨고 기진맥진한 채로 침대에 누울 때까지 온종일 몸을 움직여야 하는 1인 식당 요리사의 고단한 삶은, 어느덧 또 하나의 추억이 되어 가슴 한구석에 자리 잡고 있다. 시간이 흘러 추억의 디테일은 사라졌지만 당시 써 두었던 메모와 일기장, 레시피 수첩, 인스타그램에는 쓰디쓴, 그리고 다디단 기억들이 켜켜이 쌓여 있다. 이제 문약한 교수 출신 초짜 요리사가 좌충우돌하면서 경험한, 2년 반 동안의 창업 분투기를 소개하고자 한다.

아울러 동락에서의 추억을 함께하기 위해 글과 그림을 보내 주신 이세현 작가와 친구 최진범, 양길용, 그리고 서재원 기자, 양정우 셰프, 며느리 유현원, 작은아들 손제욱에게 감사드립니다. 귀중한 글 싣도록 허락해 주신 콜린비께도 고마운 마음 전합니다.

오금동의 보물같은
오뎅바 동락!

인자하신 사장님이
만들어 주셨던 맛있는 안주와
편안한 분위기가 최고~

동락의 시그니처 메뉴
돼지고기 된장절임!

신선한 돼지고기에 된장 소스를 발라
숙성시켜서 편육처럼 차갑게 먹는 요리!
돼지고기 본연의 맛과 지방과 껍데기의
꼬들꼬들함이 어우러지는 맛이 예술!!

정성들여 삶아내시는 무를 필두로
수제로 만드시는 간모도키와
국물이 듬뿍밴 표고,
곤약 계란 치쿠와 의
오뎅 삼총사도 최고!!
맥주랑 니혼슈와 찰떡이야~

적차조기&매실
상큼 주먹밥

에다마메&시오콘부
참깨 솔솔 주먹밥

모든 요리들이 전부 맛있지만
마무리로 종종 만들어 주셨던
주먹밥은 정말 맛있었어요!
계속 생각나는 맛~

손일 교수님의 동락 에세이
출간을 축하드립니다!!

수달이는 언제나 교수님을
응원합니다!!

웹툰작가 이세현

연세는 66세. 일본에서 태어나 영국에서 3년, 미국에서 1년을 계셨고. 한때는 교수님이셨고. 또 한때는 공무원이셨고. 더 늦기 전에 몸 쓰는 일을 하고 싶어서 2년 전에 이 선술집을 차리셨고. 98일 이후엔 그만두고 일본 규슈로 가서 미식 가이드를 하시겠다는 사장님.

고구마 소주냐, 보리 소주냐 고심 끝에 보리 소주를 고르니 작은 잔에 고구마 소주를 조용히 따라 주신다. 빈속에 한 잔.

따끈함이 남아 있도록 약간의 국물과 함께 접시에 담아 주는 오뎅. 그렇게 또 한 잔.

이 집의 필살기인 돼지목심 된장절임. 차게 식힌 고기의 매력을 아는 사람이라면 분명히 사랑에 빠질 거로 생각한다. 스모크햄처럼 풍미가 그윽하고, 두툼하게 썬 편육처럼 씹는 맛이 살아 있다.

다찌 건너편에서 사장님이 본인의 인생을 나눠 주신다. 이런 순간에 거짓말처럼 흘러나오는 '낭만에 대하여'.

메뉴에 없는 음식도 있냐 물었더니, 있긴 한데 혼자 먹기엔 너무 많다고 하신다. 그럼 제가 살 테니 옆에 계신 분들과 나눠 주세요. 그렇게 맛보게 된 나베. 배추의 자연스러운 달큰함이 녹아 있는 국물. 여기가 일본인가 싶은 두부의 굽기. 보들보들한 닭고기. 옆에서 고맙다 하시는데, 덕분에 맛볼 수 있어서 저도 고맙습니다.

미식가 콜린비

인스타그램 @colin_beak

차례

1장

예순 넘어 차린 오뎅집,
동락

어쩌다 요리

오십 대 후반 어느 날 '마누라 아침잠을 깨우는 남자가 가장 못난 인간'이란 글귀를 어디선가 보고 뜨끔했다. 새벽형 인간인 나는 새벽잠 깊은 아내를 깨우는 일이 이전부터 잦았고, 이는 간혹 부부 갈등의 원인이 되기도 했다. 새벽형 인간의 고민 중 하나는 새벽부터 배가 고프다는 사실이다. 나이가 사람을 지혜롭게 만드는 건 아니지만, 이제는 아침밥 때문에 새벽잠 깊은 아내를 깨우지 않고 조용히 방에서 나와 부엌으로 향한다. 목마른 이가 샘을 판다고, 혼자 아침 식사 준비하던 일은 어느새 내 몫이 되고 말았다. 그렇다고 불만이 있는 건 아니다.

점심이야 당연히 직장에서 해결했지만, 아침 식사를 전담하면서 부엌일이란 게 연속적으로 흘러가는 것임을 알게 되었다. 식당 일도 마찬가지겠지만, 가정에서의 식사가 매끼 구분되지 않기 때문이다. 점심에는 아침에 먹다 남은 것을 먹고, 저녁에는 아침과 점심에 먹다 남긴 것에 냉장고 속 재료를 더해 저녁 식사가 마련된다. 식재료 구입도 이런 패턴과 연동하여 가족의 기호까지 고려하면서 판단하고 결정해야 하니, 세상일 쉬운 것 없듯이 부엌일 또한 매 순간 창조이자 혁신이란 걸 깨닫게 된다. 그런 나를 가만히 응원하던 아내는 서서히 부엌일에 손을 뗐다. 별안간 가정의 삼시세끼 상당 부분을 떠안게 된 나는, 어쩔 수 없이 TV에서 방영하는 요리 프로그램을 챙겨 보기 시작했다. 번거롭고 수고로운 적도 있었지만, 요리 동영상을 보고 메모하면서 내 나름의 레시피를 만들어 요리할

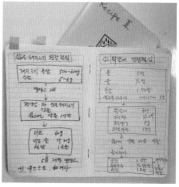

때면 낯설면서도 나름 뿌듯했다. 가정에서 처음으로 확실한 나의 역할과 공간이 생긴 듯했기 때문이다.

그러던 어느 날, 아내가 내게 '교회 점심' 해 보지 않겠냐고 제안했다. 당시 아내가 다니던 교회는 150~200명가량이 주일 예배를 보던 소규모 교회였다. 교회 성도 중 식사 담당인 네 조가 한 달에 한 번씩 돌아가며 식사를 준비했고, 돌아오는 주가 아내의 차례였다. 네 명이 한 조가 되어 메뉴 선정부터 식자재 구매, 조리, 배식까지 책임을 진다고 했다. 아내는 성가대 연습으로 바쁘다며, 내게 자기 대신 점심 준비에 참여해 달라는 것이었다.

나는 고민하는 기색도 없이 단박에 고개를 끄덕였다. 내가 교회를 다니지 않는 것에 불만이 있던 아내에게 점심 준비로 퉁칠 수 있다는 얄팍한 계산도 있었지만, 넓은 주방에서 대량으로 요리한다는 것이 내겐 매력적이었다. 그러나 한정된 예산에 단일 메뉴로 제공해야 한다는 한계가 있어 특별한 요리는 언감생심이었다. 게다가 예를 들어 국수는 안 되고, 누구누구는 뭐를 못 먹는지도 고려해야 하니 만만치 않은 일이었다. 내가 할 수 있는 것이라곤 식자재 구매와 야채 다듬는 일 정도였다. 200명이 먹을 깍두기를 담거나 뭇국을 끓여야 하는 날이면 식자재마트에 가서 무를 두 상자나 사 오기도 했다.

큰 솥에서 대량으로 끓이는 뭇국에 들어가는 무는 너무 얇아도 곤란한데, 오래 끓이면 물러지기 때문이다. 오늘 담아 내일 먹을 예정인 깍두기 또한 너무 크면 제대로 익지 않을 우려가 있다. 결국 그런 노하우는 오랫동안 부엌일을 맡아 온 프로 주부 중에서 솜씨가 좋다고 선발된 점심 준비 요원들의 몫이었다. 나는 곁눈질해 가면서 무를 썰어 나갔다. 처음에는 삐뚤삐뚤 어색했지만, 점점 속도가 붙더니 얼마 지나지 않아 마치 오랜 경력자처럼 썰어 대기 시작했다. 잘 드는 칼로 야채를 썰면 '스극' 하고 칼이 들어가는 느낌이 나는 특별히 좋았다. 어쩌면 내가 요리를 좋아하는 이유가 여기에 있는게 아닐까 생각했다.

이후 나는 일본 출장길에 도쿄 스키지 어시장에서 쇠를 접어서 만든 다마스쿠스 칼을 샀다. 칼 양쪽 면에 아롱거리는 물결무늬는

언제 봐도 영롱하다. 그 칼은 지금도 우리 집 부엌 한편을 지키고 있다.

그때의 일이 단순히 경험으로 그치지 않고, 내 안에 무언가를 싹트게 한 것이 틀림없다. 퇴임을 앞두고 나는 이 이후의 삶을 어떻게 살아가면 좋을지 고민했다. 새로운 일을 해 보고 싶다는 마음 하나로 조기 정년을 강행했지만, 구체적으로 무엇을 해야 좋을지는 막연하기만 해서 조바심을 느끼기도 했다. 책 읽고 글 쓰는 일 외에, 과연 내가 어느 순간에 오롯이 나 자신에게 집중하고 빠져드는지를 골똘히 생각하던 시절이었다. 어느 날 나는 아침 식사를 준비하던 중 문득 야채를 다듬는 내 손을 물끄러미 바라보았다. 고기를 저미는 손, 국자로 국을 휘젓는 손, 멸치 머리를 떼는 손을 차례차례 보면서 늘 식재료나 레시피만 살피느라 제대로 들여다본 적 없던 나 자신에게서 요리 본능을 발견하였다.

그래 바로 이것이야. 요리, 더 나아가 요리라는 직업, 가능하다면 창업까지.

이후 나는 메뉴 구상, 재료 및 조리 도구 구입, 레시피 연구, 그릇 구입 등 내 식대로 구체적인 계획을 세워 나가기 시작했다. 물론 가족, 친구, 친지 모두 나의 창업을 미심쩍게 여겼다. '과연 할까?'라면서. 그렇지만 몇몇은 '아마 할 거야, 저 친구는 하겠다고 결심하면 반드시 하는 인간이야'라고 수군거렸다고 한다. 나중에 그 이야기를 들었을 때 나는 괜스레 뿌듯해서 어깨가 으쓱여지기도 했다.

예순 할아버지의
첫 요리학원

나카무라 아카데미

개업하기 전 나는 요리학원을 가야겠다고 생각했다. 나이도 나이이지만 경험이나 이력이 전무한 요리 분야에서 취업하거나 요리관련 사업을 하려면, 뭔가 그럴듯한 라이선스가 있어야 할 것 같았다. 참고로 식당만을 열어 음식 만들고 제공하는 데는 자격증이 필요 없다. 후쿠오카에 본교가 있는 일본 3대 요리학원 중 하나인 '나카무라 아카데미'의 분교가 서울에 개설되었다는 것을 들은 건 우연이었다. 가정에서 내 나름대로 요리를 연마하긴 했지만, 나는 내심 보다 체계적인 요리 교육을 받고 싶었다. 큰애가 잠시 쉴 때 혹시 모르니 요리학원에 다녀 보라고 학원비를 보태 준 적이 있었다. 그러니 나 역시 큰 부담 없이 나카무라 아카데미에 입학원서를 낼 수 있었다. 물론 입학시험이 별도로 있지는 않았다.

이 글을 쓰면서 당시 학원에서 제공한 레시피 책자와 메모장, 수강생들과의 단체카톡방 그리고 그 당시의 사진들을 오랜만에 들여다보았다. 요리에 대한 내 열정이 얼마나 대단했는지를 다시금 확인할 수 있었다. 이 시절 아마존 재팬에서 구입한 일본 요리책이 100권을 넘을 정도였고, 요리학원 수강을 결정하고부터는 온종일 관심은 요리뿐이었다. 게다가 마구마구 해 대는 각종 설익은 음식에 아내는 질릴 법도 한데, 대부분 핀잔하지 않고 격려해 주며 잘 먹어주었다.

어느덧 개강일이 다가와 학원에 갔다. 오금역에서 3호선 타고 고속버스터미널역에 내려 7호선을 갈아타고 학동역까지 가는 등굣길이었다. 한 시간 이상 걸리는 여정이었지만, 정말 즐거웠다. 지하철 만원 승객 속에서 부대끼고, 3호선에서 7호선으로 가는 환승 통로에서 거대한 인파의 흐름에 몸을 맡기면서, 내가 결국 서울에 올라왔음을, 그리고 당당한 서울시민이 되었음을 실감할 수 있었다. 게다가 새로운 영역에 도전하고 있다는 자부심도 만만치 않았다.

후쿠오카에 있는 〈나카무라 아카데미〉 본교는 2년 과정 직업학교

로 운영되고 있다고 한다. 그곳 교육과정 중에서 일본요리만을 떼어 내, 이곳 분교에 가져온 것이다. 그곳에서는 2년 동안 일본요리뿐만 아니라 서양요리, 중국요리 그리고 영양학, 조리학, 보건학 등 요리와 관련된 제반 기초 학문도 수강해야 한다. 따라서 이곳 일본요리 강좌는 기본적으로 학생 수가 적고 기술적으로도 그곳보다 더 전문적이며 재료 사용에서도 더 여유가 있다. 예를 들어 같은 과정인데 그곳에서는 4명당 도미 한 마리가 주어진다면, 이곳에서는 1인당 한 마리가 주어진다. 그러니 수강료가 비쌀 수밖에 없다. 일본인 강사가 직접 시연하면서 강의했는데, 2명의 한국인 조교가 순간순간 통역도 해 주고 실습도 도와준다. 당시 '분고'라는 이름의 선생님은 현장과 교수 모두 경험한 요리 대가로, 이번 학기에 처음 한국에 부임해 아주 열정적으로 가르쳤다.

같이 입학한 수강생은 나를 포함해 모두 8명이었다. 발군의 실력파이자 30대 초반의 A는 당시도 어느 참치집 주방장으로 일하고 있었다. 물론 1등으로 졸업했는데, 그가 졸업식에서 보여 준 참치 머리 해체 솜씨는 가히 환상적이었다. 그는 지금도 남양주에서 제법 근사한 참치집을 운영하고 있다. 20대 후반으로 가장 나이가 어렸던 B는 대학 조리학과를 나와 이미 여러 군데서 일한 경력이 있었고, 당시도 어느 프렌치 레스토랑에서 아르바이트를 하고 있었다. 현재 그는 부친의 세무사 사무소에서 일하고 있다. C는 우리 중 유일한 여성이고 서른 후반쯤이었는데, 이미 국내 여러 유명 요리학원을 섭렵했다고 한다. 잘 먹기 위해 요리를 배운다는 그의 삶이 수강 내내 부러웠다. 50 중반이었던 D는 수수께끼의 인물로 나중에 하사관 출신임을 알게 되었지만, 무엇을 생업으로 하는지는 알 수 없었다. 그러나 그의 생선 다루는 솜씨는 탁월했고, 그는 초급반에 이어 상급반까지 다녔다. 하지만 그가 요리 관련업에 종사하고 있다는 소식은 아직 듣지 못해서 종종 궁금하다.

30대 초반이었던 E는 파주 디스플레이 공장에서 일하던 엔지니어인데, 어쩌다 요리에 꽂혀 여러 식당에서 일하다가 입학 직전 파주에서 개업까지 했다. 파주에서 강남까지 등하교했는데, 갓 결혼한

신혼이기도 해 늘 그를 안타까운 마음으로 지켜봤다. 오픈한 가게
는 1년 만에 접고 다시 원래 엔지니어로 돌아가 파주에 잘 있다고
한다. 나는 개업을 염두에 두면서, 그가 운영하던 파주의 이자카야
를 네 번 찾았다. 가게의 주방을 쉽게 보여 줄 사람은 그래도 동기
밖에 없다고 생각했다. 그가 작은 주방에서 고군분투하는 모습이
지금도 눈에 선하다. 주방을 어떻게 설계하고 어떻게 운영하는지
실제로 본 것은 그의 주방이 처음이었다. 만약 그가 선뜻 주방을 보
여 주지 않았더라면, 내가 개업할 용기를 낼 수 있었을지 알 수 없
다. E의 건투를 빈다.

F와 G는 나와 마찬가지로 요리와는 완전히 다른 세계를 살던 사람

이었다. 그래서 우리는 나이 차를 극복하면서 잘 지낼 수 있었다. 30대 후반이던 E는 이름만 대면 알 수 있는 우리나라 굴지의 디자인 회사에 근무하던 엘리트 디자이너인데, 어느 날 그만두고 요리학원에 나타났다. 아주 성실하고 열심이었는데, 수료 후 강남의 여러 일식집에서 경험을 쌓은 후 우리 가게 〈동락〉을 인수했다. 워낙 실력이 뛰어나고 가게를 성실히 운영했기에, 나 때와는 비교가 되지 않을 정도로 〈동락〉이 성업 중이다. 마지막으로 G는 대형컴퓨터 수입업체의 중견 사원이었다. 40대 후반이던 그 역시 미래가 불안했던지 학원에 입학했다. 요리와는 아예 담을 쌓고 살아왔던 그였지만, 정말 열심히 하나하나 배워 나갔다. 결국 그는 상급반까지 이수하고는 과감하게 창업했다. 지금은 문정동 법조타운에서 이자카야 〈카마도〉를 운영하고 있는데, 코로나 팬데믹 기간 약간 고전했으나 지금은 그 동네에서 알아주는 맛집으로 성업 중이다.

정규 학교가 아닌 학원을 이렇게 열심히 다닌 건, 학창 시절부터 5~6번 실패하다가 쉰이 넘어 일본어학원을 다닌 이후 처음이었다. 당시도 젊은 친구들과 함께 5개월 반 정도 일본어 강좌를 수강했었다. 가타카나와 히라가나를 익히고 사전을 참고해 더듬더듬 일본어책을 읽었던 기억이 남아 있다.

요리학원의 정식 수업 시간은 오전 9시부터 12시까지이나, 나는

한 시간 일찍 나와 조리복으로 갈아입고 조리도구와 그날 사용할 재료를 챙기고 칼을 갈기 시작했다. 거의 6개월 동안 반복된 루틴이었다. 수업은 9시부터 한 시간가량 일본인 선생님이 서너 가지 요리를 직접 시연을 하면, 우린 그것과 똑같은 재료를 사용해 정해진 시간에 맞추어 실습을 한다. 그러고는 우리가 만들어 놓은 요리를 선생님이 하나하나 지적하면서 평가해 준다. 물론 당시를 생각해 보면 제법 냉정하게 평가하셨던 것 같은데, 장인이 제자 대하는 모습이었다. 수업이 끝나면 이때부터 또 다른 시간이 시작되었다. 우리는 각자의 요리를 들고 조리실을 나와 로비 식탁에서 점심 대용으로 먹었다. 어떤 때는 먹을 만하지만, 또 어떤 때는 본인이 한 음식에 질려 다 먹지 못하기도 했다. 우리보다 항상 조금 늦게 끝나는 제과·제빵 수강생들은 땀 범벅을 한 채 조리실을 나왔다. 이 학원에서 초급·상급반을 거치면 어디서든지 제과점이나 베이커리 개업이 가능할 정도로 혹독하게 배운다고 한다. 그래서 수강생도 많고 인기가 높다.

그중에서 가장 나이가 많았던 상급반 친구의 케이크와 내 요리를 종종 바꾸어 먹었다. 그는 조만간 강릉에 가서 개업할 예정이라 했

는데, 서울은 임대료가 너무 비싸 어쩔 수 없이 지방으로 간다고 했다. 우린 6개월 동안 총 44회 걸쳐 칼 다루는 법부터 머릿속으로 상상할 수 있는 거의 모든 일본요리를 해 보았다. 하루에 서너 가지 요리를 하니, 모두 합하면 백 가지는 넘을 테다.

학원 졸업을 앞두고 슬슬 불안해지기 시작했다. F는 강남의 유명한 스시야의 뒷 주방에 취직했다고 하고, D와 G는 상급반 진학을 결정했다는 소식을 들었다. 나머지도 현직을 유지하거나 창업을 계획하고 있었다. 내 실력과 나이로는 어디도 취직할 수 없을 것 같았고, 상급반 진학도 개인적 사정으로 여의치 않았다. 한편으로 여기까지 왔는데 다시 '집으로' 가야 한다고 생각하니 너무 답답하기만 했다. 그러나 내가 개업 이야기를 꺼내려 하면 가족과 친구들 모두 손사래를 쳤다. 우선 체력적으로 무리이고 도대체 뭐로 수익을 맞출 거냐는 이야기가 대세였으며, 연금도 적당히 받는데 그냥 놀고 먹으라고 했다. 나는 슬슬 오기가 발동하기 시작했다. 며칠, 몇 주, 몇 달을 고심한 끝에 마음속으로는 '누가 뭐라든 개업은 무조건 한다'라고 결심하게 되었다. 당시 써 놓았던 출사표 아닌 출사표가 하나 있다.

나이가 제법 많아졌다.

지금 죽어도 애석해할 나이가 아니다.

이제 내 또래들, 나이 때문에 남을 배려하기 힘이 든다.

그러니 친구라고 해서 새로 사귀어 봐야 마음의 상처만 남는다.

더 이상 내 또래 만나는 것에 뭔 특별한 의미를 두는 건 바보짓이다.

그렇다고 사람 만나는 것까지 아예 포기하기엔 보내야 할 세월이 제법 길다.

게다가 그 긴 세월 답답함과 외로움을 뭘로 이겨 낼 수 있을까.

그러니 내 식대로 사람 만날 수 있는 장을 마련해야 한다.

실패는 늘 있어 왔고 그게 두려워 포기할 수는 없다.

이제 이 나이에 무엇이 두려워 주저하는가?

하고 싶은 건 해야지.

왜 하필 오뎅집인가?

처음에 내가 관심을 두었던 것은 '샌드위치 가게'였다. '비프스튜'도 만들고 '샌드위치'에 '샐러드'를 주메뉴로 하는 아담한 가게를 꿈꾸었다. 혹시나 해서 대학 퇴임 전에 미국 아마존에서 육절기를 직구로 구입해 두기도 했다. 아직도 내 방 한구석에 한 번도 쓰지 않은 육절기가 고스란히 모셔져 있다.

여유자금의 한계 때문에 크게 시작할 수 없겠지만, 망하더라도 나

혼자 망할 거란 생각이 드니 용기가 생겼다. 그렇다면 주메뉴는? 사시미집을 하기에는 실력이 모자랄 뿐만 아니라 생선 구매와 품질 관리에 자신이 없었고, 그 많고 많은 사시미 전문 이자카야와 경쟁할 자신이 없었다. 야키도리, 덴푸라, 우나기도 생각해 보았지만, 그것도 만만치 않았다. 이 궁리, 저 궁리 하던 차에 갑자기 교토 어딘가에서 들렀던 일본식 오뎅집이 생각났다. 미리 만들어 두면 패스트푸드처럼 바로 꺼내 접대할 수 있고, 사시미나 다른 요리처럼 섬세하지 않아도 되며, 즈키다시와 몇몇 일품요리를 갖추면 내 체력으로도 1인 식당을 충분히 운영할 것 같았다. 나는 새로운 목표가 생긴 듯해 기분이 들떴다.

이후 나는 창업할 때까지 거의 1년 반 동안, 다른 모든 것을 내려놓고 오로지 요리에만 매달렸다. 요리책을 닥치는 대로 읽고 각종 인터넷 사이트에 들어가 레시피와 요리과정을 비교해 보면서, 요리에 대한 각종 아이디어를 곁눈질하면서 얻었다. 시간을 내어 직접 일본으로 가 오뎅으로 유명한 요릿집을 여럿 방문해 보기도 했다. 물론 당시 우리 집 부엌에서는 하루도 빠짐없이 요리 실습이 진행되었는데, 일본요리뿐만 아니라 내가 해 보고 싶었던 거의 모든 종류의 요리를 마음껏 했다. 매일같이 쏟아지는 요리는 만드는 족족 아내에게, 그리고 아랫집 동갑내기 부부, 근처 사는 큰애 가족, 간혹 초대한 친구 몇몇에게 시식을 부탁했다. 무리하고 무례했지만, 그들 모두 황당해하면서도 나의 각오와 용기를 응원해 주었다.

오뎅의 계절이
온다

인터넷을 살펴보면 오뎅에 들어갈 200가지의 다네種(내용물)를 소개한 사이트가 있는데, 우리가 상상할 수 있는 거의 모든 식품이 오뎅 속으로 들어간다는 것을 알 수 있다. 일본에는 오뎅 전문점이 도시마다 여러 곳 있으며 오뎅을 여러 메뉴 중 하나로 제공하는 이자카야도 있다. 지금은 아니지만 한때 일본의 거의 모든 편의점에서 오뎅을 판매했다. 오뎅은 전형적인 일본식 음식이라 식당이나 술집에서 먹을 수 있지만 집에서도 간편하게 나베 요리의 하나로 해 먹는다. 덴푸라, 라멘, 장어구이, 스시 등과 마찬가지로 오뎅은 일본 음식의 한 장르인 것이다. 하지만 막상 국내에서 오뎅 전문점이라는 타이틀로 가게를 열어 보니 오뎅이 뭐냐, 오뎅과 어묵은 무엇이 다르냐, 길거리에서 파는 어묵집과 다른 게 뭐냐, 왜 국물을 주지 않느냐, 왜 이리 비싸냐? 등등 질문에 답하느라 바빴다.

도쿄에서 오뎅 전문점을 여럿 방문한 이후 독특한 오뎅 문화를 가진 시즈오카, 히메지, 오사카, 교토 등지로 오뎅 여행을 다녀왔다. 마지막으로 규수까지 방문한 뒤 우리 가게에서 제공할 수 있는 오뎅 내용물 하나하나를 점검하며 시험적으로 만들기 시작했다. 시도한 것 중에서 실재 가게에서 활용하지 못한 것도 많았는데, 그중에는 보통 천엽이라 부르는 소의 벌집위도 있었다. 당연히 가락시장 소 부산물 코너에서 벌집위 원물을 사 와서 겉껍질을 완전히 벗겼다. 벗기는 방법은 이제 잊어버렸지만, 일본 야후재팬에 들어가면 다양한 방법을 접할 수 있다.

오뎅에 대하여

우리나라에도 많은 어묵 제조회사가 있는데, 최근 삼진, 고래사, 환공 등 여러 기업에서 밀가루를 쓰지 않은 프리미엄급 어묵을 제조한다고 선전하면서 많은 이들에게 사랑을 받고 있다. 부산에 살던 어릴 적 재래시장 한구석에는 으레 비린내 풀풀 풍기며 어묵을 튀기고 있는 어묵 가게를 흔히 볼 수 있었다. 그때 나는 어묵을 오뎅

으로 부르기보다는 간또かんとう 혹은 덴푸라라 했던 것 같다. 맛을 중시하는 오사카 사람들이 관동지방 사람들이나 먹는 하찮은 음식이라는 의미에서 간또라고 했다고 하며, 어묵 역시 튀겼다는 의미에서 덴푸라라 불렀던 것 같다. 한때 그렇게 많던 시장통 어묵 가게는 위생 문제와 기호 변화 등등으로 점차 사라지는 추세였다. 하지만 그런 시장통 어묵 가게의 하나였던 삼진어묵이 마케팅 방법을 일신하면서, 언젠가부터 백화점 식품관의 한자리를 당당하게 차지하고 있다.

오뎅 전문점이라 표방한 우리 가게는 늘 어느 회사 오뎅을 쓰냐, 직접 만든 수제 오뎅을 쓰냐 등등의 난처한 질문을 받는다. 나는 그때마다 오뎅은 음식의 한 장르로, 오뎅 다시 속에서 오랜 시간 끓인 재료면 뭐든 오뎅이라고 설명한다. 심지어 신발을 오뎅 솥에 담갔다가 내놓으면 신발오뎅이 된다고 농담 아닌 농담을 건네곤 했다. 우리에게 친숙한 오뎅과 오뎅탕을 구분해 설명하기도 했다. 오뎅이 재료에 다시를 주입해 재료를 건져 먹는 음식이라면 오뎅탕은 어묵을 넣고 끓인 국물을 마시는 음식이라며. 우리 가게에서는 다시를 별도로 제공하지 않는데, 다만 오뎅을 그릇에 담을 때 오뎅이 식지 않고 마르지 않도록 약간의 다시를 그릇 바닥에 부어 준다. 그러다 보니 다시를 먹겠다며 숟가락을 달라는 손님도 있다. 이 때문에 아주 짜서 먹을 수 없을 정도인 일본 오뎅 다시와는 달리, 그나마 먹을 수 있을 정도의 염도를 유지할 수밖에 없다. 나름 우리식 오뎅으로 타협을 본 것이다.

어묵의 종류

어묵은 대략 3가지로 구분된다. '사츠마아게さつま揚げ'로 통칭되는 튀긴어묵, '지쿠와竹輪'로 통칭되는 군어묵, '가마보코蒲鉾'로 통칭되는 찐어묵이 그것이다. 물론 가마보코가 어묵 전체를 대표하기도 하며, '내리모노練り物'라는 보다 고급스러운 용어를 사용하기도 한다. 우리나라에서 통용되는 대부분 어묵은 튀긴 어묵이며, 우동의 고명으로 올리는 반달형 어묵이 찐어묵의 대표적인 용도다. 지

쿠와의 경우 대나무에 어육을 발라 구운 후 대나무를 빼 버리면 구멍이 남는데, 우린 그 형태를 바탕으로 '대죽' 등의 이름으로 유통하고 있다. 인터넷에 가마보코를 쳐 보면 반원통형 텐트가 쭉 펼쳐진다. 나무판 위에 반원통형으로 만들어진 가마보코板蒲鉾(이타가마보코)의 일반적 형태가 텐트의 그것과 같아 가마보코라는 이름이 텐트에 붙여진 것이다. 텐트 이름 역시 일본 음식에 그 기원이 있다.

고급 어육을 사용해 만든 신선한 어묵은 조리하지 않고 그대로 먹기도 한다. 가장 대표적인 요리가 바로 이타와사板わさ로, 이타가마보코와 와사비의 합성어다. 우리말로 하면 생어묵회 정도가 되는데, 어묵을 회처럼 와사비 간장에 찍어 먹는 음식이다. 이타와사는 일본 이자카야에서 흔히 볼 수 있으나 우리나라 이자카야에는

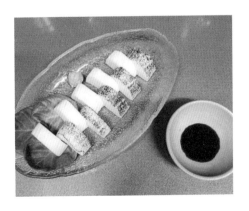

거의 없다. 우리나라 여러 어묵 회사에서 우동 고명용 찐어묵을 생산하고는 있지만, 회로 먹을 만한 수준의 가마보코가 없는 것이 가장 큰 이유라 생각한다. 그나마 먹을 만했던 삼진의 찐어묵 '문주'는 최근 생산이 되지 않고 있다. 고래사 어묵의 '용궁 치즈'가 대안이라 생각해 손님에게 제공했으나 별로라는 반응이 돌아왔다. 치즈 향이 가마보코의 맛을 가린다고 하는데, 이는 나도 우려했던 바였다. 가볍게 사케 한잔할 정도라면, 안주로는 이타와사가 최고라 생각한다. 물론 화이트 와인과도 잘 어울린다. 그러나 제대로 된 가마보코를 구하기 어려우니 아쉬울 따름이다. (2020년 12월 10일)

　*덴푸라 てんぷら [天ぷら]: 튀김
　*이타가마보쿠 いたかまぼこ: 판어묵

오뎅 무

오뎅집 자존심인 무의 조리 과정이다. 적당한 길이로 자른 후 껍질을 두껍게 벗기고, 가장자리는 모서리깎기로 매끈한 모양을 잡은 후 속까지 잘 익도록 가운데에 열십자 칼집을 낸다. 쌀 한 줌과 함께 한 시간 삶은 후 흐르는 찬물에 30분 식히면서 무의 쓴맛을 제거한다. 오뎅 다시에서 한 시간 동안 다시 삶으면 완성이다. 한 조각에 2천 원. (2020년 9월 15일)

오뎅 삼총사

오뎅 심볼의 삼각형과 원, 사각형은 각각 곤약. 계란. 지쿠와를 상징한다. 여기서 지쿠와란 구멍 뚫린 군어묵을 말한다. 개업 당시 13~15개가량 되었던 오뎅 종류는 점점 줄어들어 이제 8~9개뿐이다. 그동안 선보였던 토마토, 스지, 문어 다리, 비엔나소시지 등 제법 개성 있던 여러 메뉴가 사라졌다. 오뎅 비수기인 여름철에 코로나까지 겹쳐 궁여지책 줄일 수밖에 없었다. 정통 오뎅집 명목을 유지하기 위해 어디까지 늘려야 할지 이제 고민이 시작된다. 찬바람과 함께 오뎅의 계절이 시작되었다. 고민과 함께 기대도 크다.

(2020년 9월 19일)

*지쿠와 ちくわ [竹輪]: 원통형 군어묵
*스지 すじ [筋]: 소의 힘줄

간모도키

간모도키がんもどき란 으깬 두부에 각종 야채를 넣고 튀긴 일본 전통 두부완자인데 조림이나 오뎅에 활용된다. 준비된 반죽을 냉장고에서 하룻밤 숙성시킨 후, 다음날 모양을 만들어 튀기면 된다. 우리 가게에서는 당근, 대파, 표고, 톳, 간 참마, 계란, 전분, 소금 등이 들어가는데 크기는 대략 90g을 기준으로 한다.

오뎅에는 꼭 갖추어야 할 재료가 있는데 그건 바로 무를 필두로 오뎅 심볼에 있는 곤약과 계란, 지쿠와이다. 여기에 하나를 더 보탠다

면 아마 간모도키일 것이다. 이 다섯 개가 오뎅 냄비에 없다면 오뎅
집이라 할 수 없다는 게 내 생각이다. 그래서 힘은 들지만 오뎅집의
자부심을 지키기 위해 오늘도 무와 간모도키를 직접 만들고 있다.
(2020년 9월 26일)

토마토 오뎅

오뎅 냄비에는 다양한 종류의 내용물이 들어가지만, 그중에서 토
마토는 파격 중의 파격이다. 일본 오뎅 전문점 중에서도 메뉴에 토
마토가 없는 경우를 흔히 볼 수 있다. 우리 가게에서는 개점 초기부
터 토마토를 오뎅 메뉴에 포함했지만 지금은 포기했다. 여러 가지
이유가 있겠지만 생소함 때문에 찾는 이가 드물고, 그러다 보니 신

선한 토마토를 제공하기 힘들었다. 게다가 한번 오뎅 냄비에 들어
간 것은 물러져 다음 날 쓸 수 없었다.

토마토 오뎅을 만들기 위해서는 우선 토마토의 껍질을 벗기고 그
걸 뜨거운 오뎅 다시에 넣고 맛을 들여야 한다. 그 후 식으면 냉장
고에 넣어 숙성시킨다. 영업이 개시되면 냉장고 속 토마토를 꺼내
오뎅 냄비에서 따뜻하게 데우고, 손님에게 제공할 때는 바질페이
스토나 치즈로 토핑을 한 뒤 내놓으면 된다. 제대로 된 경우 일본식
다시와 조화를 이룬 이태리 요리의 풍미를 맛볼 수 있다. 아내가 좋
아하는 메뉴 중 하나라 겨울철 찾는 이가 많아지면 다시 준비해 볼
까 한다. (2020년 10월 18일)

두부조림

우리 가게 오뎅 다시는 다시마와 게츠리부시를 기반으로 한 맑은 다시다. 간혹 간장이나 된장 베이스의 오뎅을 찾는 사람도 있어, 두부는 관동 스타일로 제공하고 있다. 메뉴판에는 두부조림이라는 이름으로 올라와 있다.

현재 솥에는 여섯 조각의 두부가 들어 있는데, 솥에 든 다시는 3개월째 보충만 하면서 계속 유지하고 있다. 다시, 핫쵸미소, 타마리 간장, 미림, 설탕, 그리고 생강 간 것을 그때그때 보충하면서 맛을 유지한다. 가격은 한 조각에 6천 원. (2020년 9월 15일)

*게츠리부시 けずりぶし [削り節]: 건어포
*다시 だし [出汁]: 멸치, 다시마, 조개 등을 우려내어 맛을 낸 국물

스지조림

우리 가게에서 스지 요리는 늘 어려운 과제였다. 오뎅의 한 가지 메
뉴로 나오기도 했고, 편육으로 만들어 제공되기도 했다. 현재 이 두
메뉴는 사라지고 없다. 셰프가 자신의 특정 메뉴에 만족하지 못하
면, 고객은 그보다 더할 수 있다는 게 내 생각이다. 게다가 '스지'가
뭐냐고 묻는 고객도 있다. 일본에서 유통되는 스지筋는 근막과 거
기에 붙은 살코기까지를 의미하는 스지니쿠筋肉를 말한다. 우리나
라에는 부채살이라는 소의 앞다리 부위가 있는데, 아마 이것도 일

본에서 말하는 스지, 스지니쿠의 일부라 생각한다. 생각보다 살코기가 많지만, 우리나라는 대개 스지를 힘줄이나 근막이라 여긴다. 잘하는 설렁탕집에 가면 도가니탕이라는 메뉴를 볼 수 있다. '도가니'의 사전적 의미는 무릎뼈로, 이걸 고아 놓으면 무릎 연골 때문에 아주 뽀얀 국물이 나온다. 뽀얀 무릎뼈 육수에 콜라겐이 듬뿍 든 힘줄이 더해졌으니 무릎 아픈 이에게 특별히 좋을 거라고 생각하면서 우린 비싸게 사 먹고 있다. 하지만 과연 그럴까. 한편 도가니탕에 들어 있는 쫀득쫀득한 스지가 무릎뼈에 붙어 있는 힘줄일 것이라 생각할 수 있다. 하지만 무릎뼈 주변의 힘줄만으로는 도가니탕의 힘줄 수요를 감당할 수 없어, 다른 부위의 근막이나 아킬레스를 사용한다. 우리나라에서는 소에서 가장 굵은 힘줄인 아킬레스만을 모아 특별히 '알스지'란 이름으로 유통되고 있다. 기름이 거의 없고 모양이 일정한 덩어리라, 한번 부드럽게 삶아놓으면 손실률이 거의 없고 쓰기에도 편하다. 쫄깃한 식감 외에 별다른 맛이 없는 스지는 제법 비싼데, 한우 알스지는 1kg에 25,000원, 일반 스지는 20,000원가량 한다.

살코기 없이 스지만으로 요리를 만들면 이내 질릴 수 있어 아롱사태를 함께 쓰면 좋다. 우선 물이 든 커다란 냄비에 스지와 아롱사태를 넣고 한나절 이상 두면서 핏물을 뺀다. 스지와 사태를 꺼내 깨끗이 씻어 내고 맑은 물에 다시 담은 뒤 소주, 파의 푸른 부분, 생강을 넣고 삶는다. 이때 거품을 깨끗이 걸러 내야 하는데, 삶는 요리에서 거품을 걷어 내는 것은 필수이자 요리 비법이라 할 수 있다. 더 이상 거품이 나오지 않으면, 다시 꺼내 깨끗이 씻고는 압력솥에 넣는다. 25~30분이면 아롱사태는 물러지고, 다시 25분을 더 삶으면 가장 단단한 알스지까지 물러진다. 아롱사태와 스지 모두 식힌 후 한 입 크기로 자르면 된다.

스지 밑처리 과정은 복잡하고 시간이 많이 들며, 사람마다 밑처리 방법도 다양하다. 이렇게 복잡한 과정을 거치지 않더라고 손질된 스지를 식자재상에서 구할 수 있다. 아무도 인정해 주지 않는다 해도, 셰프라면 이 정도 손질은 스스로 해야 한다고 생각한다. 우리 가게 '스지 아롱사태 조림'에는 스지와 아롱사태가 주재료이고 곤약과 당근이 부재료로 들어간다. 그리고 여기에 간장, 적된장, 미림, 술, 설탕, 데미그라스 소스 등의 양념을 넣고 즉석에서 졸여 제공한다. 이번 겨울, 앞서 소개했던 '비프스튜'와 함께 번갈아 제공할 예정인데, 기존 메뉴의 부족한 부분을 보완하면서 혹한을 이겨내는 데 큰 몫을 해 주리라 기대한다. (2020년 12월 21일)

동고동락한
개업 준비

개업을 하기 전부터 이웃에 있는 냉면집 〈옥돌현옥〉의 젊은 사장
님(우리 큰애 또래)과 그냥 일반 고객으로 친하게 지내 왔었다. 그
역시 요리에 열정적이며 일식 요리에도 관심이 많았다. 당시 그는
냉면집 개업 직후라 아직 냉면의 면발과 육수가 정착되지 않아 고
전 중이었는데, 나와 제법 오랜 시간 냉면에 관해 이야기하고 맛과
질감에 대해 피드백을 하면서 서로 가깝게 지냈다. 나는 평양냉면
을 좋아해 전국의 평양냉면집을 거의 다 다녔을 정도였다. 서울은
물론 부산, 대전, 대구뿐만 아니라 풍기나 김제에 냉면집이 있다는
소문만 듣고 찾아 나설 정도였으니 말 다 했다. 게다가 장인과 장모
모두 평양분들이셨고, 처가가 〈필동면옥〉 바로 옆이라 자주 즐겨

먹었다. 대식가였던 젊은 시절에는 곱빼기에 제육 반 접시까지 혼
자 먹기도 했다.

어느 날 냉면집 사장님께 창업하겠다는 의사를 밝히자 극구 말렸
다. 다른 모든 것 다 떠나서 힘들어서 할 수 없다고. 체력이 받쳐 주
지 않으면 결코 롱런 할 수 없으며, 요식업은 결국 소문으로 승부를
봐야 하는 장기전이라고. 하지만 이미 가게 계약을 마쳤다고 하니
한숨부터 쉬었다. 마침내 나는 냉면집 사장님께 창업에 관한 모든
정보를 얻게 되었다. 포스기 업체를 소개받고, 주류업체와 식자재
납품업체도 소개받았다. 음식쓰레기 봉투는 어디서 사와야 하는지
부터 매일 밤 음식쓰레기를 수거하는 업체 전화번호가 뭔지, 그리

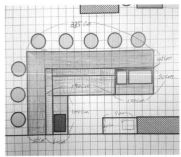

내가 직접 그린 홀 개념도

고 영업허가증을 받으려면 어떤 서류를 준비해 어딜 가야 하는지도 알게 되었다.

가게 인테리어가 끝나고 개업까지 열흘 정도밖에 남지 않았는데, 첫날 팔아야 할 음식 준비는커녕 창업 관련 일로 바빠 정신을 차릴 수 없었다. 그 열흘간, 가까이 있는 가락시장을 하루에도 몇 번씩 왕복하면서 각종 식자재와 부자재를 사 날랐고, 틈틈이 음식 준비도 하면서 식당 일에 관해 궁금한 사항이 생길 때마다 〈옥돌현옥〉을 찾아 SOS를 쳤다. 늦은 나이에, 전혀 무지한 분야에, 그것도 첫 창업을 하면서 정말 여러 사람에게 큰 신세를 졌다. 하지만 〈옥돌현옥〉 사장님이 안 계셨으면 나 혼자 그 난관을 헤쳐 나갈 수 있었을까. 세월이 흘러도 그때 느낀 고마움은 지금도 여전하다.

무엇 하나 익숙한 게 없어 처음부터 배워야 하는 입장이었지만, 주

변 이웃들의 도움으로 차근차근 개업을 준비하던 즈음이었다. 나는 문득 오뎅만으로는 손님들의 마음을 사로잡기가 힘들 것 같다는 생각이 들었다. 우리 가게만의 몇 가지 단품 요리가 필요하다고 느꼈다. 그렇지만 손이 많이 가거나 너무 비싼 것은 곤란했다. 다만 오뎅이 비교적 따뜻한 음식이니 단품 요리는 차가워도 상관없을 듯했고, 사시미를 대처할 수 있는 것이면 더 좋을 것 같았다. 개업 이후에는 이전에 생각했던 것보다 더 다양한 메뉴가 우리 가게에서 제공되었지만, 당시 준비한 단품 요리는 다음과 같다.

볼락조림

우리 가게에서 제공하는 볼락조림이다. 볼락은 가시가 단단하고 살도 찰져 뭘 해 먹어도 맛이 좋다. 사진 속 볼락은 통영에서 공급되는 냉동 볼락인데 상태가 좋아 졸임에는 전혀 문제가 없다. 세 마리 기준으로 백화수복 200cc, 물 200cc, 미림 100cc, 설탕 1큰술, 진간장 3큰술(발색을 위해 타마리 간장이 있으면 1큰술 더), 생강 편 대여섯 개가 필요하다. (2020년 9월 12일)

시메사바

가을은 고등어가 제철이다. 가격 대비 양이나 맛에서 고등어를 능

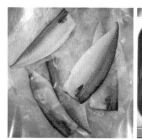  

가하는 게 없다. 굽고, 졸이고, 회로도 먹을 수 있어 요리법도 다양하다. 게다가 생물, 염장, 냉동, 캔 등 다양한 방식으로 제공되고 있어 누구나 쉽게 접근할 수 있다. 최근에는 노르웨이산 고등어가 수입되고 있는데, 기름기도 많고 크기도 커 개인적으로 굽고 졸이는데는 노르웨이산 고등어를 더 선호하는 편이다.

고등어에 대한 인기는 일본도 마찬가지인데, 우리와 다른 조리법 중 하나가 바로 '시메사바'다. 등 푸른 생선의 약점 중 하나가 보관이 쉽지 않다는 점인데, 고등어를 초절임하면 비교적 안전하게 고등어의 풍미와 식감을 회로 즐길 수 있다.

만들기는 생각보다 쉽다. 신선한 고등어를 석장 뜨기를 한 후, 이를 한 시간 동안 소금에 절인다. 그리고 다시 식초에 40분가량 절이고, 냉장고에서 이틀가량 숙성시키면 그것으로 끝이다. 우리나라 식초는 너무 강해 물과 1:1로 희석해야 껍질 벗기기에 도움이 된다. 보통 시메사바에는 와사비가 아니라 생강 간 것을 제공하는 것이 일반적이다. (2020년 10월 12일)

*시메사바 しめさば [締鯖]: 고등어 초절임

밧테라즈시

밧테라즈시는 시메사바를 얹은 오시즈시 혹은 하코즈시를 말하는데, 오사카의 대표적 음식이다. 사진 속 밧테라즈시는 개업하기 전음식 공부하면서 만든 것 중 하나지만, 막상 개업 이후엔 한 번도 시도해 보지 못해 아쉽다. 밧테라즈시 위에 얇은 투명 다시마를 덮으면 밧테라즈시의 증발을 막고 맛도 더한다. 냉장고 안에는 그때 사 두었던 다시마가 아직도 남아 있다.

큐슈 하카타역에 가면 밧테라즈시 전문점이 있어 기차 타기 전에 구입했고, 어떤 때는 귀국길에 사서 공항이나 터미널에서 먹다가 남으면 가져오기도 했다. 요즘 일본 여행이 불가능해 추억만 머릿속에서 맴돌고 있다. 언젠가 기회가 된다면 우리 가게에서 한때 하다가 포기한 후토마키와 함께 밧테라즈시를 메뉴로 내놓고 싶다. (2020년 9월 17일)

*밧테라즈시バッテラ: 배 모양의 초밥. 밧테라는 포르투갈어로 '작은 배 Bateira'라는 의미이다.
*시메사바 しめさば [締鯖]: 고등어 초절임
*오시즈시 おしずし [押し寿司]: 누름초밥
*하코즈시 はこずし [箱ずし]: 상자초밥
*후토마키 ふとまき [太巻き]: 김초밥

돼지고기 된장절임

돼지고기 된장절임이라는 이름으로 제공되고 있는 우리 가게 최인기 메뉴의 원형이다. 일본 어느 요리동호회가 회원들의 요리를 모아 편집 발간한 책을 보다가 한눈에 반했다. 지금 가게에서는 목살뿐 아니라 비계가 붙은 앞다리살로도 만들고 있다. 최소 7일 이상 걸리는 슬로푸드로 나를 지도한 일본인 선생님도 인정한 맛이라,

나름 자부심을 느끼는, 우리 가게 최장수 최인기 요리다. (2020년
9월 17일)

그라브락스

개인적으로 연어회는 물컹한 식감과 약간의 비릿함이 거슬려 즐겨
먹지 않는다. 그러나 서울로 거처를 옮기고 어느 날, 가락시장 맞은
편 연어전문식당 '살모네'에서 처음으로 '그라브락스'를 맛보았다.
내가 싫어하는 물컹함과 비릿함을 느낄 수 없어 무척 인상적인 음
식이었다.
그라브락스는 신선한 연어에 소금, 설탕, 딜dill, 후추 등에 재여 저
온 숙성시킨 진한 주홍빛의 연어 요리로, 스웨덴, 노르웨이, 핀란

드, 아이슬란드 등의 스칸디나비아 지역에서 흔히 먹는다. 그라브
락스gravlax는 스웨덴어로 '묻는다' 또는 '무덤'을 뜻하는 그라브
grav에 '연어'를 뜻하는 락스lax가 결합된 이름으로, '땅속에 묻은
연어'를 의미했다.

연어를 몇 달 동안 땅속에 묻어 만들었던 초기의 조리법과는 달리,
현재는 단기간 숙성시켜 만든다. 나는 이상의 네 가지 재료 외에 코
리앤더 씨와 비트를 첨가하고 2~3일 숙성시켰다. 보통 연어를 각
종 양념으로 재우기 전에 소독한다는 의미에서 독주를 사용하는
데, 나는 브랜디, 위스키, 소주 등 손에 잡히는 대로 썼다. 그냥 먹
어도 좋지만, 빵 사이에 끼우거나 비스킷에 올려 먹으면 더 맛있다.
한때 우리 가게 메뉴로 자주 써먹었던 요리였다. (2020년 10월 19일)

오니기리

우리에게 삼각김밥으로 알려진 오니기리는 일본 전통의 휴대 음식인데, 지금은 전문식당에서 다양한 오니기리를 즐길 수 있다. 김에 싸여 있는 것과 아닌 것, 밥 속에 각종 내용물이 숨겨져 있는 것과 밥과 내용물을 섞어 놓은 것. 모양도 삼각형, 방추형, 원형, 구형 등등 다양하다. 오니기리를 우리말로 어떻게 할까 고민하다가 주먹밥으로 바꾸었는데, 우리 가게에서는 '명란 주먹밥'과 '매실 주먹밥' 두 가지 오니기리를 내놓았다.

명란 주먹밥은 명란을 밥 속에 숨겨 주먹밥을 만드는데, 밥을 쥐기 전에 손에 소금을 발라 밥에 간간함을 더한다. 이때 명란은 가능하면 숙성이 덜 되어 명란 알알이 씹힐 정도인 것을 사용한다. 매실

주먹밥은 우메보시를 으깬 것과 유카리를 밥과 섞어 형태를 잡는데, 이 경우는 소금을 바르지 않고 밥을 쥔다. '유카리ゆかり'는 우메보시 만들 때 염색용으로 쓰는 적시소를 말려서 간 것으로, 보라색을 띠어서 유카리라 부른다.

오니기리를 먹을 땐 꼭 손으로 쥐고 먹는 게 좋다. 젓가락으로 푹푹 찔러 먹으면 맛도 없으려니와 셰프의 수고를 무시하는 것으로 보일 수 있다. (2020년 10월 20일)

　*적시소: 차즈기
　*우메보시うめぼし[梅干し]: 매실장아찌

계란말이

우리 가게 메뉴에 '계란말이'가 있는데, 그 아래 붉은색 글씨로 다음과 같은 글이 쓰여 있다. "셰프가 빈둥빈둥 놀고 있을 때만 주문 가능." 계란말이 주문이 많지 않으니 미리 계란물을 만들어 놓을 수 없기 때문이다. 주문이 들어오면 모든 걸 완전히 새롭게 세팅을 해야 하고, 제법 섬세하게 구워야 하니 다른 일을 하다가는 태우기 십상이다. 그래서 주문을 많이 하지 말라는 약간의 경고성 문구를 넣어 두었는데, 실제로 처음 오신 손님들은 주문하길 주저한다. 그

래서 다른 사람이 주문하면 자기도 해 달라고 해, 계란말이 두 접시를 연이어 해야 하는 경우도 있다.

우선 냉장고에서 계란 네 개를 꺼내 볼에 깨 넣는다. 계란 하나에 15cc의 다시를 넣어야 하니 모두 60cc를 준비한다. 거기에 술 15cc, 그리고 소금, 설탕, 간장(가능하면 색이 적게 나는 우스구치를 추천한다. 물론 진간장도 문제없다.)을 적당히 넣고, 휘저으면서 열심히 섞는다. 그다음 고운 체로 알끈 등을 거르고, 굽기 시작하는데 네 번 정도 나누어 굽는다.

일식에서 계란말이는 구이류에 속한다. 정식 이름은 다마고 다시마키인데, 여기서 유념해야 할 점은 음식명에 다시가 들어간다는 사실이다. 물론 여러 가지 양념이 들어가니 계란 맛이 그리 밋밋하진 않겠지만, 다시 맛이 계란말이 맛을 결정적으로 좌우하게 된다.

다행히 우리 가게에는 천연재료를 사용해서 만든 오뎅 다시가 늘 준비되어 있다.

계란말이에 사용되는 계란은 보통 마트에서 파는 계란이다. 우리 나라 양계장 사료에는 다른 선진국과는 달리 어분 사용량이 많아, 아주 비싼 유기농 계란을 제외하고는 계란에 비릿한 맛이 난다. 외국에서 먹었던 계란 요리 맛을 재현하기 어려운 이유 중의 하나가 바로 계란 품질의 한계 때문이다. 계란말이에 제법 많은 술을 사용해야 이 비릿한 맛을 없앨 수 있다.

제대로 된 계란말이는 티라미수처럼 부드러운 식감을 유지해야 하고, 다시가 주는 풍미도 있어야 하며, 태우지 않고 노란색을 유지해야 하니 사실 셰프에게는 부담스러운 요리다. 게다가 누구나 쉽게 평가할 수 있는 메뉴라 그 부담은 가중된다. 오뎅 집에서 무를 먹어 보면 그 가게 실력을 알 수 있듯이, 일본식 선술집 실력은 계란말이로 판가름 난다고 해도 지나친 말이 아니다. 부담이 되기는 하지만 고객들이 만족해하는 모습을 보고 싶어, 나는 늘 들뜬 기분으로 계란을 깬다. (2020년 11월 8일)

 *우스구치 うすくち [薄口] : 빛깔과 맛이 묽은 간장이나 염도는 높다.
 *다마고 다시마키 たまご だし-まき [卵玉子出し 巻]: 계란말이

가라아게

우리나라는 닭요리에 관한 한 세계적이다. 튀김, 찜, 구이 같은 조리법에, 닭발부터 똥집까지 세밀하게 발골해 다양한 닭요리를 즐기고 있다. 하지만 현재 우리가 즐기고 있는 닭요리가 우리의 오리지널 조리법이라 믿는 사람은 많지 않을 것이며, 꼭 그래야 할 이유도 없다. 실제로 전 세계 모든 이들이 자신들만의 고유 조리법으로 만든 매력적인 닭요리를 먹고 있으며, 그것이 전 세계로 소개되고 변용되면서 새로운 조리법으로 탄생한다. 우리 역시 기발한 발상의 닭요리들이 매번 새로이 등장해 시장을 선도하면서, 궁극의 닭요리가 배달을 통해 우리 야식 식탁에 오르고 있다.

일본 역시 닭요리의 다양함에서는 우리나라 못지않다. 어떤 것은 조리법이 우리 것과 너무나 비슷해 어느 것이 오리지널인지 알 수 없을 정도다. 그중 가장 서민적이고 친숙하며 거의 모든 이자카야에서 만날 수 있는 게 바로 '가라아게唐揚げ'다. 일본에서는 밀가루나 전분 가루를 묻혀 튀겨 낸 것을 '가라아게空揚げ'라고 부르다가, 중국 기원임을 강조하기 위해 '가라아게唐揚げ'로 통일했다고 한다. 가라아게는 껍질 벗기고 뼈를 바른 닭 다리 살을 한입 크기로 잘라 간장 베이스 양념에 절이고는 전분 가루에 묻혀 바삭하게 튀겨 내는 비교적 간단한 요리다. 양념의 배합과 절이는 시간, 튀기는 정도, 소스와 고명 그리고 가니시에 따라 다양한 조합의 가라아게가 만들어지다. 참! 덴푸라는 물, 밀가루, 계란으로 만든 반죽을 묻혀 튀겨 낸다는 점에서 가라아게와는 다르다.

우리 가게 역시 일본식 선술집이라 가라아게에 대한 요구가 늘 있지만, 일상적 메뉴로 제공된 적은 거의 없다. 주방이 워낙 작아 제대로 된 튀김기를 들여놓을 수 없다는 게 가장 큰 이유이며, 수요가 적어 기름 관리가 어렵기 때문이다. 소형 튀김기를 써 보았지만, 기계 자체의 구조적인 한계로 좋은 결과를 얻지 못해 머릿속에서 완전히 사라진 메뉴였다. 하지만 어느 날 인스타그램을 뒤적이다 초소형 튀김기를 보고는 즉시 일본 아마존에 직구를 했는데, 그게 바

로 사진 속 튀김기다. 크기는 13×24×8.1cm, 무게는 990g이며 IH 에 사용 가능한 초소형의 직사각형 튀김기인데, 기름 500cc면 적 정선에 이른다.

나의 레시피는 다음과 같다. 닭고기 400g 기준에 간장 30cc, 청주 10cc, 간양파 10cc, 간마늘과 간생강 5cc, 그리고 소금, 후추, 파프 리카 가루, 전분 가루 약간 그리고 계란 한 개를 섞어 양념장을 만 들고 30분 이상 절여 둔다. 그리고 160도 기름에서 노릇하게 튀긴 뒤 건져 2~3분 둔 후 180도 기름에서 노릇하게 그리고 바삭하게 튀긴다. 적당한 가니쉬와 함께 양파, 피클, 삶은 계란, 마요네즈, 레 몬즙 등을 섞어 만든 타르타르소스를 제공하면 좋다. 규슈의 미야자키식 치킨난반에 가까운 형태다. 아내와 며느리 그리고 자주 오시는 한의사 닥터 권에게 시식을 부탁했는데, 여러모로 지적을 받았었다. 그 후 몇 차례 도전 끝에 제법 바삭하고 먹을 만한 것이 나와, 상품으로 내 볼 생각이다. 주문이 너무 많아 닭튀김 집으로 바뀌면 어쩌지 하는 괜한 걱정과 함께, 기름 범벅이 된 내 모습을 상상해 보았다. (2021년 6월 26일)

*IH Induction Heating: 인덕션
*치킨난반チキン南蛮: 저온에서 튀긴 닭고기를 새콤달콤한 소스에 적셔
 타르타르 소스를 곁들여 먹는 미야자키현 대표 음식

워킹맘인 저는 퇴근 후 종종 아이와 함께 아버님 가게에서 저녁을 먹었어요. 항상 저희 식구가 밥을 먹지 못할까 봐 예약석으로 가게 한곳을 비워 두셨어요. 맛있는 식사를 할 수 있어 기쁘기도 했지만, 한편으로는 아버님의 새로운 모습을 볼 수 있어 즐거웠어요. 그곳에서 다양한 연령층의 사람들이 이야기를 나누며 요리를 나누어 먹는 모습을 구경하는 것도 제게 아주 인상적인 시간이었어요.

가장 기억에 남았던 건 어떤 젊은 학생이었어요. 교직에 있다가 두 번째 꿈을 이룬 것이라는 아버님의 이야기를 듣고, 학생은 자신도 나중에 꼭 이렇게 살고 싶다고 말했어요. 그때 아버님을 바라보던 학생의 눈빛을 지금도 기억해요. 현실에 타협하고 주변의 이야기에 주저앉지 않고, 자신의 꿈을 향해 나아간 아버님의 모습이 그 학생에게 큰 용기가 되었을 거라 생각해요.

시간이 지나면서 처음 느낌과는 다르게 〈동락〉은 음식만 먹으려 오는 사람들뿐 아니라 아버님과 이야기를 나누러 오는 사람들, 〈동락〉이란 장소에서 아버님이 정성껏 만든 요리를 찾는 사람들로 가득 찼어요. 아버님이 얼마나 즐겁고 보람을 느끼는지 알 것 같았어요.

아버님이 식당을 하면서, 요리를 좋아한 손님들과 많은 추억을 쌓으신 만큼 제가 알지 못한 힘든 일도 많았을 거라 생각해요. 그래도 아버님의 멋진 도전을 첫 페이지부터 끝까지 지켜본 가족으로서 다시 한번 박수를 보냅니다.

며느리 유현원

2장

어디까지나
요리하는 사람의 몫이다

소울푸드

소울푸드니 집밥이니 하는 이야기를 신문이나 방송에서 접하는 요즘, 나는 어떤 요리가 내게 소울푸드인지 곰곰이 생각해 보았다. 어쩌면 나의 소울푸드는 내 또래와는 완전히 다를지도 모른다는 생각이 든다. 어머니께서 건강하셨을 적 집을 찾아가면 어머니는 늘 "우리 뭐 해 먹을까"가 아니라 "어디 맛있는 식당 없나?" 하고 물으셨다. 요리를 잘하셨지만 외식을 더 좋아하셨고, 식성도 좋아 젊은 나보다도 더 많이 드시곤 했었다. 한번은 해운대 암소갈비집에 둘이 가서 다 뜯어 먹은 갈비대를 테이블에 산처럼 쌓아 놓고 나와, 주변 사람들이 놀라기도 했다. 그냥 집에서 때우자고 이야기가 나오는 날이면, 어머니는 카레라이스, 타키고미고항*, 바라즈시, 캐비지롤, 후토마키 등을 준비하셨다.

가게 음식을 준비할 때면 그때의 식탁이 종종 떠오른다. 기억을 더듬는 것만으로도 마음이 둥글어지는 느낌. 영혼을 다독이고 누그러지게 하는 식탁이라서 소울soul 푸드인 거겠구나 혼자 생각하며 웃었던 것 같기도 하다. 우리 가게 음식 중 대부분이 나의 그런 소울푸드를 기반으로 재현했던 음식이다. 기쁘게도 여러 손님이 좋은 평을 남겨 주었다.

지라시즈시와 바라즈시

지라시즈시란 스시의 한 종류로, 그릇에 담긴 초밥 위에 스시의 다양한 다네種(생선 저며 놓은 것)를 무작위로 올려놓은 것을 말한다. 여기서 지라시는 '무작위로 흩뿌려 놓은'이라는 뜻으로, 지라스散らす(흩뿌리다)의 명사형에서 유래했다. 전단지나 불확실한 문서 등을 지라시라고 부르는 것도 같은 결이라 보면 된다. 즈시는 스시가 다른 단어와 결합하면서 음이 변형된 것이다.

---

* 타키고미고항炊き込みごはん: 간장을 베이스로 한 야채 솥밥

한편 지라시즈시와 비슷하게 보이지만, 전혀 다른 음식이 바로 바라즈시다. 바라ばら는 낱개散 혹은 장미薔薇라는 의미인데, 바라즈시의 바라는 지라시즈시와 마찬가지로 전자인 산散의 의미라 생각된다. 한때 우리나라에서는 바라즈시를 장미초밥으로 번역하기도했다. 실제로 지라시즈시와 바라즈시는 완전히 다른 요리라 엄격히 구분해 사용한다. 지라시즈시가 초밥 위에 각종 생선류를 올려놓은 것이라면, 바라즈시는 간이 된 다양한 야채와 초밥을 섞고 그위에 다시 초절임 생선, 달걀 지단, 김 등을 고명으로 올려놓은 것이다. 지라시즈시가 주로 도쿄 일원關東의 음식이라면, 바라즈시는 간사이關西, 그중에서도 오카야마岡山가 주무대다. 나는 오카야마 태생이다 보니 바라즈시라는 단어를 어릴 적부터 접해 왔다. 따

바라즈시

라서 어머니께서 해 주시던 스시 또한 당연히 바라즈시이다.

스시의 다네는 대부분 생선이라, 다양한 생선 다네를 밥 위에 올려 놓은 가이센동海鮮丼과 지라시즈시 사이에 구분이 모호한 경우가 있다. 물론 남의 나라 음식을 엄격히 정의하기란 어려운 일임을 안다. 하지만 나만이라도 나름의 구분이 있어야겠다는 생각에, 초밥 위에 스시 다네를 얹은 건 지라시즈시, 맨밥 위에 각종 생선 다네를 올린 것은 가이센동, 초밥과 각종 야채를 섞어 놓은 것은 바라즈시로 정했다. 누군가 물어본다면 그때는 이렇게 대답해 봐야지 생각했다. "제 요리는 오카야마 전통의 바라즈시입니다. 도쿄 스타일의 지라시즈시가 아닙니다."

어제는 우리 가게 단골인 '현' 선배 부부와 친지 네 분이, 그리고 부친이 유명한 일식 요리사였고 자신도 대기업 접대 담당(?) 임원이

가이센동

어서 맛에 관한 한 일가견을 가진 '정' 선배 팀 두 분의 예약이 있었다. 나는 들뜬 기분으로 바라즈시를 아주 넉넉하게 준비했다. 이 정도면 모두가 배부르고도 남겠구나 할 정도로 바라즈시를 만들었을 때, '현' 선배의 예약이 다음 주였다는 걸 뒤늦게 확인했다. 나는 산처럼 쌓인 바라즈시를 눈앞에 두고 고민하다가 큰아들과 며느리를 불렀다. 가게를 방문한 몇몇 고객에게 강매 아닌 강매를 한 덕분에 그 많던 바라즈시를 해결할 수 있었다. 다행이었다. 나 또한 몰래 주방에 서서 한 그릇 먹었는데 여러 재료가 조화를 이뤄 맛이 좋았다. '정' 선배는 이 음식에 '선촉채삭(생선은 촉촉하고 채소는 파삭하다)'이라고 이름을 붙여 주었다.

초밥은 스시에 쓰는 초밥보다 간을 조금 세게 했고, 우엉과 당근은 채 썰고, 연근은 얇게 썰어 2등분 혹은 4등분을 했다. 구멍 쏭쏭 뚫린 연근이 돋보이는 게 포인트다. 죽순은 통조림을 이용했는데, 빗살무늬가 살아나도록 종으로 얇게 저몄고 표고는 편으로 썰었다. 연근과 우엉에는 식초 맛이, 당근과 죽순, 표고에는 간장 맛과 설탕 맛이 나도록 했다. 이를 졸일 때는 물 대신 다시를 사용했다. 그 외 초록색이 더해지도록 데친 참나물과 강낭콩을 사용했다. 고명으로는 시메사바, 광어회 초절임 그리고 채 썬 지단과 김을 올렸다. 굉장히 손이 많이 가는 음식이지만, 한번 해놓으면 하루 정도는 보전

할 수 있다. 언제 또 할지 모르겠으나, 단골손님이 주문한다면 기꺼이 할 용의가 있다. 그렇지만 일행이 네 사람 이상이었으면 더 좋겠다. 일본에서 바라즈시는 축제 음식으로도 쓰이기도 하니, 이왕이면 여러 사람과 함께 즐기는 게 좋을 테니까. (2021년 3월 31일)

캐비지롤

캐비지롤cabbage roll(양배추 쌈)은 어릴 적 어머니가 해 주셨던 음식이다. 양배추 속에 어떤 게 들었고 어떤 육수로 끓였는지는 기억나지 않지만, 아주 독특한 서양식 요리에 매료되어 허겁지겁 맛있게 먹었던 기억이 있다. 함박스테이크나 카레라이스 같은 서양 요리가 일본식으로 정착된 것이 많은데, 어머니가 이 요리를 하신 거로 보아 캐비지롤 역시 그런 유형의 하나라 생각된다. 실제로 일본 요리책이나 요리 사이트 등에서 캐비지롤의 레시피를 쉽게 찾아볼 수 있다. 양배추는 내용물을 싸고 있는 피에 불과하나, 알맞게 삶긴 캐비지는 그것만의 맛이 있다. 캐비지롤의 맛은 내용물과 육수가 전적으로 좌우하는데, 그만큼 내용물과 육수 간에 다양한 조합이 가능한 독특한 장르의 요리라 할 수 있다.

얼마 전 칠리콘카르네를 제법 많이 만들어 두었는데, 계속해서 이

것저것 다른 걸 만들어 먹다 보니 손이 가질 않아 냉장고 한구석에
방치하고 있었다. 고민하던 차에 이걸 내용물로 한 캐비지 롤이 떠
올랐다. 머뭇거리면 잊어버리는 나이라 바로 가게 옆 슈퍼에 가서
자그마한 양배추 한 통을 사 왔다.

생양배추에서 커다란 잎을 뜯어내는 일은 쉽지 않다. 하지만 약간
의 기교만 부리면 양배추 큰 잎이 하나하나 뜯어진다. 우선 작은 칼
을 이용해 양배추 심을 도려낸다. 그리고는 커다란 들통에 물을 끓
이고 양배추 심 쪽이 위를 향하게 들통에 넣는다. 그리고는 부드러
워진 바깥쪽 잎부터 한 장 한 장 뜯어낸다. 이후 들통 위에 찜기를
올리고 뜯어낸 잎들을 담아서 잠시 찐다. 이후 끄집어낸 잎의 억센
부분은 작은 칼을 이용해 제거한 후, 한 김 식힌다.

잎을 펼치고 오목한 곳에 내용물을 담고는 예쁘게 말면 된다. 데친

미나리 혹은 부추, 아니면 후토마키에 쓰는 간표(박꼬지)를 이용해 묶으면 되나 굳이 묶지 않아도 된다. 이후 용기에 담아 냉동고에 넣어 두고 필요할 때마다 꺼내 쓰면 된다. 오뎅 가게에서는 캐비지롤을 오뎅 냄비에 넣고 데운 뒤 제공하기도 한다. 하지만 칠리콘카르네를 넣은 캐비지롤을 오뎅 냄비에 담으면, 육수가 변질될 수 있어 좋은 방법이 아니다. 어떻게 할까 고민하던 중 자연스럽게 해결책이 등장했다.

어제 젊은 고객 둘이 늦게까지 술을 마시면서, 우리 가게에서 제공할 수 있는 모든 안주를 다 드셨다. 10시 마감까지 40분이 남아 아쉬웠던지 후딱 해 줄 수 있는 다른 안주가 없냐고 하기에, 오후에 만들어 냉동고에 둔 캐비지롤이 생각났다. 작은 냄비에 캐비지롤 둘을 담고 오뎅 다시를 부은 뒤 끓였다. 처음 하는 메뉴라 자신이 없어 "맛이 없더라도 이해하라"라며 밑밥을 깔면서 제공했는데, 의외의 호평에 오히려 내가 얼떨떨했다. 그들은 18,000원은 받아도 되겠다고 했지만, 나는 그냥 10,000원만 받기로 했다. 물론 그 고객은 처음 만든 케비지롤을 깨끗이 비웠다.

약간 매콤한 소고기 베이스의 칠리콘카르네와 다시마와 말린 생선의 일본식 육수가 절묘한 결합을 이룬 모양이다. 어쩌면 그 칭찬은 자신들의 요구에 응해 준 데 감사의 표시일 수 있겠다. 오늘 늦

게 내 요리의 맛 감별사이자 비평가인 며느리가 오는 날이라, 가능하면 객관적인 평가를 부탁할 예정이다. 우선 며느리의 관문을 통과해야 새로운 메뉴로 낼 수 있는지가 결정된다. 큰 기대를 걸어 본다. (2021년 3월 4일)

칠리콘카르네

나는 기본적으로 매운 음식을 먹지 못한다. 그래서 요즘 인기 있다는 마라탕이나 매운 훠궈, 오리지널 사천요리를 즐겨 먹지 않았다. 10여 년 전 중국 쓰촨성 청두에서 경험했던, 고추 속에 파묻힌 돼지고기 요리의 불같이 매운맛이 지금도 생생하게 기억난다. 하지만 매운 음식 중 즐겨 먹었고 또 기억이 나서 레시피를 찾아 해 먹는 요리가 있으니, 바로 '칠리콘카르네chili con carne'다.

당시 지인 한 분이 칠리콘케인이라 발음하기에 얼마 전까지 그런 줄 알고 있었으나, 유튜브에서 어느 영국인 셰프의 발음이 그것과 달라 확인해 보았다. 멕시코 기원의 음식으로 스페인어로는 칠리콘카르네, 영미 발음은 칠리콘카니였다. 수십 년 동안 엉터리로 알고 있었던 셈이다.

주재료는 소고기 간 것과 강낭콩이며, 부재료로는 양파와 토마토가 들어간다. 양념으론 칠리 파우더, 큐민 가루, 오레가노 등이 사용되는데, 여기에 파프리카 가루를 넣으면 풍미가 높아진다. 나는 강낭콩과 토마토는 통조림을 이용하고, 파프리카 가루는 직접 말려서 갈아 쓰는 편이다. 그냥 먹기도 하지만 밥에 곁들여 먹거나 빵

이나 비스킷에 올려 먹는 것을 좋아했다. 레시피는 인터넷에서 찾아보면 나오는데, 기호에 맞춰 매운 정도를 조절하면 대충 만들어도 먹을 만하다. 만들어 놓고 냉장고에 두면 제법 오래 보존이 되니, 끼니가 불규칙한 셰프에게는 비상용 음식으로 적당하다. (2020년 10월 21일)

참다랑어 사시미

참치는 고급어종이지만 종류가 많고 가격도 천차만별이다. 우리는 횟집에서 대개 냉동참치 녹인 걸 회로 먹는다. 무제한 리필 참치 횟집도 있을 정도이니, 우리 참치 사랑도 이젠 일본 못지않다. 하지만

참치 중에서 참다랑어(혼마구로)는 선어가 아니고 냉동일지라도 가격이 상당한데, 개업 초창기 "메뉴가 고작 이것뿐이냐"라는 핀잔을 고객들로부터 많이 받아 응급 결에 마련한 메뉴가 '참다랑어 아까미赤身 사시미'다. 개인적으론 '도로' 그중에서 '오도로'가 무조건 맛있다고 생각했고 아카미는 별로라고 생각했다. 하지만 참다랑어 아카미는 값은 상대적으로 저렴하지만, 산미와 단맛, 담백함과 부드러운 식감, 게다가 두터운 살에 이가 박히는 질감, 이 모두 신세계였다. (2020년 8월 27일)

튜나버거

언젠가부터 명절 선물로 참치통조림이 흔해졌지만, 우리가 참치를 통조림으로 먹게 된 것은 1980년대 이후의 일이다. 아마 원양어업으로 잡은 참치를 전부 수출하지 못해 남았거나, 우리 식습관이 점점 서구화되면서 캔에 담긴 담백한 참치를 즐길 수 있을 정도가 되면서부터라고 생각된다. 물론 고등어나 꽁치 통조림이 나온 건 참치통조림보다는 훨씬 이전이다. 한편 미군 부대 주변에서 흘러나온 통조림이 깡통시장 등에서 유통되거나, 특히 월남전 참전 즈음해서 다양하게 흘러나온 C-레이션을 도심 길가에 쌓아 두고 팔았던 것은, 참치통조림이 유통되던 시기보다 더 이른 시기였다. 우리 또래 중에서 C-레이션에 대한 향수를 가진 분도 제법 될 것이다. 커피, 비스킷, 딸기잼, 햄, 치즈, 토마토케첩 등등 별의별 게 다 들어 있는 미군 전투식량인데, 이런 서양 음식을 C-레이션에서 처음 접한 분들도 많을 거다.

중학생 시절 나는 냉장·냉동기 수리업을 하시던 부친 지인 중, 나에게 중학교 선배이기도 했던 아저씨를 많이 따르고 좋아했었다. 하루는 아저씨가 에어컨을 수리하러 갈 때, 아저씨의 출장 가방을 대신 들고 그 뒤를 따라간 적이 있다. 부산 국제부두에 있던 씨맨즈

클럽이라는 외국인 선원전용 레스토랑이었다. 걸진 목소리의 마담 주인이 나를 보며 "뭘 줄까?" 물었다. 우물쭈물하는 나를 대신해, 아저씨가 "쓰때끼, 큰 걸로"라고 대답해 주셨던 게 떠오른다. 그때 먹었던 '스때끼'는 티본스테이크T-Bone Steak였는데, 고기가 무척 두툼하고 커다란 데다 풍미 또한 매력적이어서 많이 놀랐었다. 돌이켜 보면 그때 처음으로 씨겨자 소스를 먹어 본 것 같다.

다른 날 주인 마담이 내게 이번엔 튜나버거를 먹어 보라며 권했다. 뙤약볕에 땀을 삐질삐질 흘리면서 레스토랑에 들어섰을 때 처음 맞은 에어컨 바람의 상쾌함에 정신줄을 놓을 정도였다. 신문물을 이렇게나 정면으로 맞이한 것은 당시 처음이어서 더욱 그랬다. 그 당시는 아직 햄버거가 우리나라에 들어오기 이전이라 '튜나'는 물론 '버거'가 무엇인지 모르던 시절이었다. 사우전아일랜드 소스인지 뭔지 몰라도 지금 생각하면 마요네즈 맛 나는 강력한 소스에 버무린 두툼한 튜나 살과 아삭한 양상치의 조합은 어린 중학생에게는 그야말로 맛의 신세계였다.

지금도 간혹 참치통조림이 선물로 들어오면 뭘 해 먹을까 고민한다. 당연히 참치 김치찌개는 아니다. 혹여 두 아들에게 선물로 들어온 것이 있으면 창고에 쌓아 두지 말고 나에게 보내라 한다. 가게 할 때도 참치통조림을 이용한 샐러드를 만들어 즈키다시로 내놓곤 했지만, 과거 중학생 그 시절을 추억하면서 튜나버거를 만들어 먹는다. 잘게 썬 양파를 소금에 잠시 절였다가는 물기를 짜서 볼에 담고, 이번에는 참치통조림을 따서 그 속에 있는 면실유를 버린 후 있는 힘껏 짜서 볼에 담는다. 그리고 마요네즈, 씨겨자, 후추를 넣고 버무린다. 물론 파슬리 가루나, 있다면 올리브를 편으로 썰어 넣어도 좋다. 땅콩 간 것도 좋고 무엇이든 냉장고 속 식품에 상상력을 동원하면 된다. 식빵도, 파니니도, 치아바타도, 모닝빵도, 바게트도 무엇이든 가능하다. 요즘 '단백질', '단백질' 하면서 무언가 대단한 걸 생각하지만, 참치캔만큼 우수하고 저렴한 단백질 공급원도 그다지 많지 않으리라. 게다가 완전히 조리되어 있고 아주 담백하며, 아무 양념하고도 잘 어우러진다. (2020년 10월 21일)

나베

겨울은 나베鍋, 냄비 요리의 계절이다. 식탁 위에서 보글보글 끓고 있는 냄비를 가운데 두고 마주 앉은 가족이나 연인 혹은 친구를 상상하면, 먼저 행복이란 단어가 떠오르는 것은 나만의 생각일까. 싱글이라 할지라도 냄비 요리라면 혼자라는 외로움을 충분히 달래줄 것으로 생각한다. 냄비 요리는 두부, 배추, 양배추, 양파, 파, 곤

약, 버섯 등 냉장고 속 어떤 재료라도 가능하고, 혹여 있다면 닭고기, 소고기, 돼지고기, 방어나 대구 같은 생선 살 심지어 비엔나소시지도 좋다. 다시마, 표고, 가쓰오부시 등을 이용한 맑은 육수도 좋고, '단짠'의 간장 육수도 좋으며, 들깨나 두유, 서양풍 콘소메, 그것도 아니면 중국식 마라도 상관없다. 다 먹고 난 다음 마지막 국물에 밥을 말아 먹거나 우동을 넣어 끓여 먹으면 포만감과 더불어 행복은 배가 된다.

부루스타라 불리는 식탁용 가스버너가 보급되면서 우리 식탁에도 다양한 냄비 요리가 등장했지만, 내겐 또 다른 경험이 있다. 나는 어릴 적부터 가족들과 식탁에 둘러앉아 직화에 소 내장을 굽거나 직화 위 냄비에 뭐든지 끓여 먹었다. 간, 허파, 지라, 염통, 콩팥, 대창 등의 내장을 간장으로 엷게 양념한 후 연탄 화로(간혹 숯을 사용하기도 했다)에 구워 먹고는 그 잔불에 냄비를 얹어 우동을 끓여 먹었다. 아니면 활짝 펴 일산화탄소가 거의 나지 않는 연탄 하나가 들어가는 화로에 냄비를 얹어 각종 냄비 요리를 해 먹었으며, 간혹 소고기를 이용한 샤부샤부, 스키야키도 해 먹었다. 그 이후 연탄 화로 대신 석유풍로를 사용하기도 했다. 어머니가 돼지고기를 싫어해 냄비 요리로 해 먹지는 않았으나, 몇 년 전 가고시마에서 먹었던 흑돼지 샤부샤부는 아직도 잊지 못하는 인생 요리 중 하나다.

부산에는 한국전쟁 때 이북에서 피난을 와 정착한 분들이 많았다. 나는 어렸을 적 그들의 자제들과 학교를 같이 다녔다. 친구네 집에 가서 먹었던 주먹만 한 만두에 매료되어 우리 집에서도 만두를 자주 만들어 먹었다. 그것 역시 직화에 끓고 있는 냄비에 넣어 샤부샤부처럼 해 먹었다. 어릴 적부터 만두와 큼직한 빈대떡에 익숙했던 덕분에 담백한 평양식 처가 음식도 단박에 친숙해졌고, 식성도 좋아 마구 먹어 대는 바람에 장모님께서 요리하시느라 고생이 많으셨다. 지금은 돌아가셨지만 음식 솜씨뿐만 아니라 모든 살림 솜씨가 좋으셨던 장모님의 최고 음식은 알싸한 맛의 동치미인데, 작은 무를 종으로 둘로 나누고 그것을 반달 모양으로 얇게 썰어 예쁜 그릇에 담아 놓은 모습이 아직도 눈앞에 있는 양 생생하다.

날씨가 추워지면서 밤늦게 찾아온 젊은 고객들에게 즉석에서 냄비 요리를 만들어 제공해 보았더니 만족도가 극상이었다. 해서 요즘 나는 예약 손님이 있으면, 나베 요리를 준비한다. 두 가지 방식이 있는데, 한 가지는 오뎅 다시나 닭 육수(아지노모토 사의 과립 도리가라스프를 이용)에 각종 채소와 군두부, 그리고 껍질 벗긴 닭다리 살이나 소고기 등을 넣고 끓인 다음 쯔유 소스에 찍어 먹는 것이다. 요즘은 배추가 맛있을 계절이라 배추를 적극 활용한다. 다른 하나는 '단짠'의 간장 베이스 육수에 끓인 것으로, 이건 계란 푼 것에 찍어 먹으면 좋다. 굵직하게 썬 파나 얇게 쓴 우엉이 단짠 육수에 푹 익으면 그 맛은 상상 이상이다. 단짠 육수는 다시 200cc, 간장 60cc, 청주 60cc, 설탕 45cc를 한 번 끓여서 사용한다. 냄비 요리는 그 자체만으로도 균형 잡힌 음식이고 만들어 먹기도 쉬우니, 겨울 추위 녹이는 음식으론 제격이다. (2021년 12월 3일)

이따금 그리운 풍경

진주는 내게 20대 후반에서 40대 후반까지, 무려 20년 동안 내 손으로 돈을 벌고 그걸로 가족을 부양하며 젊음을 오롯이 불살랐던 곳이다. 그 때문인지 진주라는 말을 들으면 종종 뭉클해진다. 나름의 전통이 있는 도시라 대단한 음식이 있을 것 같지만, 내 눈에는 별반 특징이 없는 편이다. 어쩌면 한국전쟁 때 인민군 치하에서 완전히 잿더미가 된 도시임을 우리 모두 애써 외면하고 있는지 모르겠다.

내게는 평생을 함께한 아주 가까운 친구가 있다. 그는 지금도 진주에 살고 있으며 그의 부인과 내 아내가 무척이나 잘 지낸다. 아내들끼리 친한 덕분에 우리가 오랜 시간 서로의 안부를 물어볼 수 있었

던 게 아닐까 싶다. 우리 두 가족은 일본 여행도 몇 차례 다녀왔고, 지금도 간혹 만나 국내 여행을 하고 있다. 1년에 한두 번은 진주를 찾는데, 갈 때면 먹고 싶은 음식이 둘 있다. 하나는 진주 중앙시장에 있는 '하동집'의 복국이고, 다른 하나는 '진주냉면', '사천냉면', '재건냉면', '하연옥 냉면' 등으로 불리는 냉면이다. '100년 가게'의 하나인 이 '하동집' 복국은 재료의 담백함과 신선함에 있어 족탈불급이며 또한 가성비 만점이다. 게다가 식초, 간무, 가는 고춧가루를 베이스로 한 소스와 파래무침은 아직도 내게 최고의 음식 중 하나다.

사천냉면

젊은 시절 진주에서의 20년 삶은 내 생애에서 큰 몫을 차지하며, 그곳의 맛들도 뇌리에 빼곡히 남아 있다. 중앙시장 내 제일식당과 천황식당의 비빔밥, 하동집 복국, 수복빵집의 찐빵과 빙수, 야래향의 깐풍기도 생각이 난다. 하지만 진주에 가서 단 한 끼만 사 먹으라고 하면 난 사천냉면을 택할 거다.

1980년대 탁자 네 개에 주인장이 직접 눌러 가며 만들던 것을 지켜본 추억도 남다르지만, 면발은 질긴 듯하나 이빨로 끊어지고 이 집 아니면 맛볼 수 없는 해물 육수는 지금도 생각나는 맛이다. 이후 사천냉면의 인기는 폭발적이어서 현재는 우리나라에서 가장 큰 냉면

집이 되고 말았으며, 형제가 운영하는 분점은 진주세무서 부근에 있다.

이 같은 사천냉면의 흥행 속에서 슬며시 진주냉면이 등장했다. 현재 진주, 부산, 서울 등지에 있는 진주냉면은 하씨 형제, 자매가 운영하는 것으로, 1980년대 진주 봉곡동 서부시장에서 '부산냉면'을 하던 맏형이 원조다. 두 냉면은 육전을 올리고 해물 육수를 쓴다는 점에서 큰 차이가 없고 맛도 비슷하다. 하지만 평양냉면의 인기에 편승해 요즘 진주냉면은 자매 중 한 명의 이름을 딴 '하연옥'이라 상호로 전국에서 성업 중이다. 평양냉면과 마찬가지의 기방 음식이라며 진주냉면이 창조되면서, 이제 해물육수 냉면 원조는 진주냉면이 되고 말았다. 하지만 나는 여전히 '사천파'다. (2020년 10월 9일)

생선회

누군가 부산을 찾아와 횟집을 소개해 달라고 하면 답이 궁색해진다. 대부분 수산시장 부근 식당 수조에서 펄펄 뛰는 생선을 그리고 쫀득쫀득한 식감의 활어회를 예상하고 있기 때문. 하지만 개인적으로 활어회보다 선어회, 활어회라면 충분히 숙성된 것을 좋아한다. 게다가 선어회나 숙성회를 하는 가게는 골목 한구석에 자리 잡

은 낡고 오래된 식당이고, 그런 식당에서는 오래 출입하면서 단골이 되어 주인장이나 조리사와 호형호제할 정도가 되어야 제대로 대접받을 수 있기 때문이다. 선어회로는 충무동에 있는 '선어마을', 숙성회로는 자갈치의 '부산명물횟집'을 추천할 만하다.

나의 단골 횟집은 동래온천시장에 있는 '가덕횟집'이다. 이 가게는 수조를 갖추고 활어회를 내놓지만, 한 접시에 다양한 회를 제공한다는 점, 계절에 맞는 회를 고집한다는 점, 활어회를 두툼하게 썰어도 충분히 씹을 만하다는 점, 즈키다시 없이 회에만 집중한다는 점 그리고 사장님이 나와 호형호제한다는 점에서 다른 집을 찾지 않는다. 실제로 외지 친지에게 소개해도 모두가 엄지척 하니 언제나 든직하다. 주인장은 이시가리라 불리는 줄가자미도, 보리새우도 간혹 내놓는다. 시간이 흘러 테이블 네 개 놓고 영입하던, 구멍가게 같은 횟집이 지금은 어엿한 부산의 맛집으로 변신했다. 사장님 부부와 쌓아 왔던 우정이 이따금 그립다. (2020년 10월 12일)

  * 이시가리サメガルイ: 줄가자미

가쿠니

일본에서 육류를 사용한 조림 요리 중에서 가장 일반적인 것으로 '가쿠니角煮'를 들 수 있다. 각角이라는 글자에서 알 수 있듯이 큐브 형태로 자른 삼겹살을 굽고, 삶고, 졸여 만든 요리로, 우리말로 하자면 삼겹살 된장(간장)조림 정도가 된다. 얼핏 보아도 중화요리 '동파육'과 비슷한데, 도쿠가와 시대 중국과의 교류가 활발했던 나

가사키에 그 원류가 있다는 설이 있어, 일본식 '동파육'으로도 볼
수 있다.

동파육과 마찬가지로 만드는 데 다섯 시간 이상 걸려 손이 많이 가
는 음식이며, 일본에서는 간장 대신 미소를 쓰는 경우도 있다. 우리
가게에서는 마지막에 '핫쵸미소'를 사용하는데, 이 미소는 오래 끓
여도 풍미를 유지한다는 점에서 나름 제격이다. 마지막에 대두 삶
은 것을 곁들여 육류만의 단조로움을 해소하였다.

이 요리는 우리 가게 정식 메뉴는 아니다. 오늘 예약한 손님들이 별
도로 주문한 것이라 만들었고, 남는 것이 있다면 당일 손님에게도
제공할 예정이다. (2020년 10월 16일)

*가쿠니かくに[角煮]: 일식 동파육

니신소바

선주후면先酒後麵, 주당들에겐 친숙한 말로 술을 먼저 마시고 마무리로 국수류를 먹는다는 의미다. 어원은 분명치 않은데, 인터넷을 찾아보면 평양냉면과 연계를 짓지만 여전히 모호하다. 나 역시 면류를 좋아해 이것저것 해 먹기도 사 먹기도 하는데, 이번엔 니신소바를 소개할까 한다.

니신鰊은 청어인데, 한류성 어류인 청어는 일본에서는 홋카이도에서 많이 잡힌다. 우리나라도 과거 청어가 많이 잡혔고, 과매기 역시 청어로 만들었다고 한다. 그러나 남획으로 청어가 안 잡히자 그 자리를 꽁치가 대신했지만, 요즘 다시 청어과매기를 볼 수 있게 되

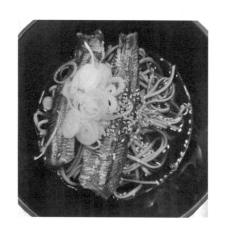

었다.

청어는 살이 무르고 가시가 많아 처음 손질할 때 주의가 필요한데, 유튜브에서 '청어 오로시'를 몇 개 참고하면 비교적 손쉽게 가시를 제거할 수 있다. 청어는 생물로 아니면 초절임으로 스시집의 중요 메뉴로 이용되고 있고 구이용 생선으로도 손색이 없다. 니신소바에 쓰는 청어는 보통 말려서 쓰는데, 생물을 손질해 말려서 쓰느니 나는 청어과매기로 청어조림을 만든다. 청어과매기는 단단하고 비린내가 있어 일단 쌀뜨물에 하루쯤 담가 부드럽게 만든 후 양념장에 조리면 좋다.

여덟 마리 16쪽 한 팩의 청어과매기 조림장은 다시 500cc, 청주 100cc, 진간장 80cc, 미림 80cc, 설탕 10g, 다마리 간장 30cc, 생강 껍질 소량으로 하면 된다. 나머지는 보통의 온모밀국수 만드는 과정과 마찬가지다. 메밀 다시를 다시 끓일 때 조림 후 남은 조림장을 조금 더하면 풍미가 높아진다.

약간의 비릿한 맛만 무시한다면 말린 등 푸른 생선이 지닌 풍성한 맛 덕분에 겨울철 추위를 이기는 음식으로 제격이다. 반응이 어떨지 모르겠으나, 내일 예약한 고객들의 선주후면을 위해 지금 나는 청어를 졸이고 있다. (2020년 10월 30일)

*나신소바 にしんそば [鰊(にしん)蕎麦]: 청어 메밀국수

소고기 안심스테이크

나이 들면 고기, 그중에서도 육류를 많이 먹어야 한다는 것은 이제 상식이다. 근육이 줄어드는 것은 운동을 안 해서 그런 것도 있지만, 고품질의 단백질 섭취가 줄어든 데 그 이유가 있을 것이다. 나이 들면서 고단백의 식품 중 대표적인 소고기를 먹지 않는 데는 분명 이유가 있을 텐데, 그중에는 소고기가 비싼 것도 있지만 음식을 소화하는 일이 이전 같지 않기 때문이다. 그래서 두부가 좋으니 청국장이 좋으니 하는 거겠지만, 그래 갖고 노후에 골골대는 것을 피할 수 있을지는 모르겠다.

얼마 전까지 "호랑이 풀 뜯어 먹지 않고, 양고기 먹는 민족만이 세계를 제패한다"라고 외치면서 아침부터 고기를 구워 먹었지만, 이

제는 소화에 자신이 없다. 소화가 되지 않는 것은 위와 장의 기능이 떨어진 데도 이유가 있겠지만, 치아가 나빠 꼭꼭 씹을 수 없어 대충 씹고는 꿀꺽 삼키기 때문일 것이다. 얇게 쓴 불고기나 샤브샤브, 간 고기를 이용한 완자나 햄버그, 오래 삶은 수육 등이 대안이 되지 않을까 싶다.

하지만 두툼하게 쓴 핏빛 머금은 스테이크는 건강, 젊음, 야성의 상징이자 식도락가들의 로망이다. 그러나 소화에 자신이 없어 선뜻 먹기가 겁난다. 그래서 나는 '소고기 안심'을 즐기는 편이다. 100g에 20,000원 가까이하는 '한우 안심'은 언감생심이고, 그 반값도 하지 않는 수입 안심을 코스트코 같은 대형 매장에서 사서 먹는다. 사실 나는 결혼하고 나서 한우를 먹은 적이 거의 없다. 내 수입으로는 고기 좋아하는 네 식구가 배불리 한우를 먹을 순 없었다. 한창 광우

병이 난리였을 때도 우리는 수입 소고기만 먹었다.

덩어리로 파는 안심은 처음부터 얇게 썰 필요가 없다. 냉장고에서 꺼낸 후 소금과 후추를 뿌리고 상온에서 30분 이상 둔다. 그래야 구운 후 피가 덜 나온다. 베이컨으로 가장자리를 말아 끈으로 묶어 구우면 풍미가 더해진다. 이제 안심을 구워 보자. 프라이팬에 기름을 두르고 센 불에 까맣게 태운다고 할 정도로 겉을 굽는다. 그러고는 버터를 넣고 고기에 풍미를 더한다. 이후 굽는 정도에 따라 카르파초(다다키)부터 웰던까지 각자의 기호에 맞추어 다양하게 즐기면 된다.

양념으로는 소금, 겨자, 에이원 스테이크 소스면 충분한데, 아르헨티나산 치미추리소스 같은 특별한 소스를 곁들여도 좋다. 구운 후 3분가량 레스팅 하는 것 잊지 말자. (2020년 10월 31일)

*카르파초 carpaccio: 익히지 않은 고기나 생선의 살을 이용한 이탈리아 요리

*다다키 たたき [叩き·敲き] : 아부루 다다키炙る叩き와 키자무 다다키刻む叩き로 나뉘는데, 전자는 재료의 겉면만 익히는 방식이고 후자는 재료를 얇게 자르거나 다지는 방식을 말한다.

회국수

1970년대 중반 처음 제주를 찾은 이래 업무차, 휴양차 무수히 찾았고, 그때마다 구석구석 맛집을 방문했다. 제주의 유명 식당은 대개 근해에서 잡히는 싱싱한 고등어, 갈치, 한치, 전갱이 등을 소재로 구이, 회, 조림, 국이 제공되는 곳이다. 원래는 주민들만 가던 작은 식당이었으나 입소문을 거치면서 대규모의 관광식당으로 변모했다. 덕분에 자주 제주에 가는 이에게는 나름의 단골식당이 생기면서 '어느 집이 최고'라고 자신의 식도락을 자랑할 수 있게 되었다. 하지만 내 입맛엔 모두 거기서 거기였다.

두 번째가 제주 흑돼지를 재료로 한 구이와 수육을 제공하는 식당

인데, 돼지고기를 이용한다는 점에서는 고기국숫집도 마찬가지다. 어떤 이는 부산의 돼지국밥, 후쿠오카의 돈코츠라멘, 제주의 고기국수 모두 돼지고기 육수를 베이스로 한 세 가지 다른 버전이라 말하기도 한다. 그럴듯한 추론이다. 이 세 지역은 멀리 떨어져 있지만, 바닷길로는 바로 연결되어 있다. 지금부터 정확히 40년 전 마라도 민박집 화장실에서 난감했던 기억은 아직도 새롭다. 지금의 제주 흑돼지가 바로 그 토종을 복원한 것이라 하는데, 내가 알기론 그렇지 않다.

세 번째는 해변에 위치한 해녀 식당들인데, 해안에서 잡은 각종 해산물의 회와 죽이 제공되고 있다. 이 역시 구멍가게 수준에서 시작되었지만, 이제는 제법 규모를 갖춘 곳이 많다. 최근에는 육지에서 건너간 각종 요리, 그중에서도 퓨전요리가 성행하면서 점차 제주만의 아이덴티티도 사라지고 있다. 1년에 수백만 명의 관광객이 다녀가는 곳이고 그 관광객들이 각종 SNS로 맛집을 소개하고 있기에, 이제 제주 식당 중에서 이들에게 털리지 않은 식당은 없을 것 같다. 아니 모든 식당이 이들에게 탈탈 털리기를 기대하고 있을지 모르겠다. 마치 정치인들이 자신의 부고 이외의 어떤 기사라도 환영하듯이.

20년 전쯤 해안가를 차로 달리다가 어느 해녀 식당에서 먹었던 회국수는 일품이었다. 큼직한 방어회가 무진장 들어 있는 명품 회국수였는데, 결국 그 집도 인터넷을 통해 회자되면서 유명 맛집으로 현재 성업 중이다. 바로 동복리에 있는 해녀촌이 그곳이다. 지금도 점심 때면 그 집 회국수가 생각난다. (2020년 11월 1일)

주꾸미

조금 전 지인 한 분이 작은 주꾸미 스무 마리가량을 가게 탁자 위에 툭 던져 놓고 갔다. 어제 잡은 것을 냉동실에 뒀다가 가져온 거라며. 마치 테스형이 툭 던지고 가듯이. 주꾸미는 일본 오뎅 전문점에서 쉽게 볼 수 있는 메뉴인데, 약간 데쳐서 오뎅 냄비에 넣어 두는

것으로 끝이다. 주꾸미가 맑은 오뎅 다시와 어우러지면 대단한 풍미를 뿜어낸다.

주꾸미는 생으로도 먹지만 데쳐서 초회로, 아니면 굽거나 샤브샤브로, 그것도 아니면 우리 식으로 매운 양념으로 찜을 해 먹어도 좋다. 손질은 생각보다 쉬운데, 머릿속 내장과 먹통을 제거하고 발 한가운데 있는 이빨을 뽑으면 그것으로 끝이다. 마지막에 밀가루를 조금 뿌려 빡빡 문지른 다음, 빨판에 박혀 있는 펄을 없애고 몸에 묻어 있는 진액을 제거하면 더 담백한 주꾸미를 즐길 수 있다.

나는 10년 가까이 봄철이면 주꾸미를 먹으러 무창포에 다녀왔다. 올해는 가게 일로 바빠 못 갔지만, 대전에서 근무하고 있는 작은아들이 이전 나랑 같이 갔던 기억을 더듬어 친구들과 두 번이나 다녀왔다고 한다. 부럽기도 하고 섭섭하기도 하고. 무창포 해안을 따라 줄지어 선 샤브샤브 가게 한 곳을 들린 후 바로 옆에 있는 무창포수산시장에서 주꾸미를 몇 마리 샀다. 숙소나 집에 가져와 직화로 구워 먹는데, 정말 대단한 맛이었다. 이 먹거리 여행은 가성비 만점이라 누구와 함께 가든, 누구에게 소개해 주어도 대만족일 것이다. 내년 봄에는 어떤 일이 있어도 꼭 가 볼 예정이다.

살아 있는 주꾸미를 샤브샤브로 해 먹을 때는 집게로 주꾸미 잡고 머리를 먼저 육수에 넣고는 한참을 쥐고 있어야 한다. 그래야 먹물이 덜 나온다. 다리를 잘라 먹고 난 이후 오랫동안 머리를 끓이면, 나중에는 먹물이 머리 안에서 응고되어 먹물마저 쉽게 먹을 수 있다. 그 안에 밥알처럼 생긴 주꾸미알은 또 다른 마력을 발산한다. 암놈에만 알이 있는데, 어떻게 암수를 구분하는지 아직 나는 모른다. 오늘 손질한 작은 주꾸미는 지난 봄철에 잡히지 않았던 주꾸미의 알이 부화되어 여름철 내내 자란 것인지, 이 역시 나는 알지 못한다. (2020년 11월 3일)

막국수

막국수를 아주 좋아한다. 한때는 전국 유명 냉면집과 더불어 막국수 집 리스트를 만들어 줄기차게 먹으러 다녔던 기억이 있다. 지금도 강원도 여행을 할라치면 그 리스트를 찾아 근처 유명 막국수 집을 찾곤 한다. 서울로 이사 온 이후로는 집에서 가장 가까운 홍천의 원소리막국수를 즐겨 간다. 간혹 막국수와 닭갈비를 함께 먹을 수 있는 춘천의 샘밭막국수도 가지만, 그래도 나의 최애 막국수는 원소리막국수다.

가을비 추적추적 내리는 산안개 가득 찬 골짜기 막다른 길, 곧 쓰러진대도 이상할 게 없는 허름한 시골집, 산안개 사이로 꾸역꾸역 피

어오르는 굴뚝 연기는 한편의 스산한 풍경화처럼 몽환적 분위기를
자아냈다. 10년도 훨씬 더 된 어느 늦가을, 처음 원소리 막국수 집
을 찾았을 때의 기억이다. 지금의 나보다 연세가 많았을 노부부가
아궁이에 장작불 지펴 가면서 막국수를 말아 내고 있었다. 유명한
막국숫집도 많고, 명사들, 맛컬럼니스트들, 맛블로거들 모두 저마
다 애호하는 막국숫집이 있지만, 그 맛이 어떻든 내게는 따뜻한 추
억을 간직한 원소리가 최고다.

서울-춘천 고속도로가 생기기 전에는 주로 대명 비발디파크 쪽에
서 접근했지만, 이제는 남춘천IC를 나와 내비게이션이 가리키는
방향으로 간다. 그러면 라비에벨CC를 관통해 원소리막국수로 이
어지는 빠른 길이 나온다. 지금은 손자가 운영하고 있고 유명인의

사인이 식당 안에 가득해 처음 정취는 찾을 수 없지만, 그래도 나는 틈틈이 그곳을 찾는 편이다.

밉 구르망에 소개된 막국수 집, 〈양양메밀막국수〉를 찾았다. 60개 리스트 중 막국수 집으로는 서울에서 유일한 집이라 지하철 한 번 갈아타고 제법 걸었다. 예상과는 달리 주택가 한적한 곳에 자리하고 있었고 가게 규모도 작았다. 하지만 주문을 받자마자 반죽을 해서, 메밀의 거친 식감과 고유의 향기를 간직한 가느다란 면발은 매력적이었다. 모든 게 단순한, 그래서 그저 그런 맛이 막국수의 최대 매력인데, 내가 원하던 바로 그 맛이었다. 이제 원소리를 찾는 횟수가 줄어들 것 같은 예감이 든다. 요즘 서울-춘천 고속도로가 너무 막히는 것도 한 이유지만, 이 집이 아주 좋았기 때문이다. (2020년 11월 18일)

반건조 대구회

보통 생선회라 하면 활어회로, 산 생선을 포로 떠서 먹기 좋게 썬 것을 말한다. 바로 먹기도 하지만 숙성 과정을 거치면서 감칠맛이 배가된다. 우리가 즐겨 먹는 광어, 도미, 농어, 우럭은 모두 이 범주에 속한다. 한편 삼치, 가오리, 민어, 연어, 방어, 홍어, 돗돔처럼 잡자마자 죽거나 너무 커서 죽여야 할 경우, 냉장 숙성해 먹어야 하는데 이를 선어회라 한다. 선어회는 기본적으로 숙성과정을 거치기 때문에 활어회보다는 감칠맛이 뛰어나지만, 관리가 힘들어 전문점에서 먹어야 한다.

식성이나 취향에 따라 어떤 이는 선어회를 또 어떤 이는 활어회를 즐긴다. 난 기본적으로 선어회 쪽이지만, 나아가 반건조회도 좋아한다. 이제부터 대구가 본격적으로 잡히기 시작하고, 대구의 최대 산지인 거제 외포는 대구로, 인파로 북적인다. 부산에 재직할 때 연말 회식으로 멀리 거제 외포로 가곤 했다. 가서는 대구탕을 먹고 주인장에게 꾸덕꾸덕 말린 제일 큰 대구 한 마리와 도마, 칼, 가위를 달라고 한다. 의아해하는 주인장 눈빛도 무시한 채 즉석에서 대구

를 해체한다.

한 마리 해체하는 데 20분이면 충분하다. 말라서 단단해진 배 부위는 쭉쭉 찢고, 등 쪽 무른 살은 껍질 벗기고는 먹기 좋게 썬다. 초고추장 달라고 해서 4~5명이 달려들어 순식간에 먹어 치운다. 그것도 소주와 함께. 그러고는 몇 마리 사와 다시금 적당히 말리고는 일요일 아침 거실에 펼쳐놓고 본격적으로 해체한다. 아내는 냄새나고 어지른다고 타박하지만, 해 놓으면 먼저 손이 간다. 생선 말리면 특유의 배릿한 맛도 나지만 그게 더 매력적이다. 냉장고에 넣어 두고 두고두고 먹는데 겨울철 안줏감으론 최고다.

며칠 전 거래하던 거제 외포 중매인에게 문의했더니만 벌써 반건조 대구가 나왔다고 한다. 주문하자 하루 만에 보내온 대구를 해체

하고는 조금 더 말렸다. 단골손님에게 내놓았더니 너무 맛있다며 연락해 주셔서 고맙다는 인사까지 들었다. 대구는 무르고 담백해 활어회나 선어회로는 부적격이다. 하지만 반건조 대구회는 응축된 감칠맛과 쫀득한 식감으로 겨울철 별미 중 별미다. 월급쟁이 시절 귀하디귀해진 대구라 엄두도 못 냈지만, 요즘은 가격이 착해져 생각나면 즉시 주문한다. 이제 아내도, 며느리도 좋아하는데, 손자 녀석까지 좋아해 주면 좋으련만……. (2021년 12월 17일)

아내와 함께

부산 떠나기 직전 꽃차 고수로부터 꽃차 만들기를 배운 아내는 정말 열심히 꽃차를 만들었다. 무려 100가지가량 되는 꽃의 꽃차를 만들었고, 꽃차마다 전처리하는 법과 말리는 법이 각기 달라 각각의 매뉴얼도 스스로 만들었다. 아내는 뭘 시작하면 끝장을 보는 스타일이다. 결혼 전 매듭공예를 했는데, 결혼 당시 그 많은 매듭과 실 그리고 매뉴얼 책자를 한가득 가져왔다. 그 후 아이들 키우느라 자신의 삶을 돌볼 기회가 없었는데, 내가 오십 대에 들어서 여유를 가진 것처럼 그녀도 삶에 여유를 찾기 시작했다. 교회 일도 정말 솔선수범이었고 지금도 순모임과 중보기도회는 물론 일주일 한두 번 별도의 성경학교를 나가고 있다. 수영도 그즈음에 시작했는데 요즘 사람들이 자신을 '물개'라 부른다며, 내년 시니어 수영대회 출전을 꿈꾸고 있다.

대학 캠퍼스와 야외답사가 나의 주 생활무대인 반해, 보시다시피 아내의 그것은 완전히 달랐다. 그러니 동선이 겹치지도 않고 서로 하는 일에 별달리 간섭할 기회도 없었다. 하지만 꽃차를 만들려면 재료를 구해야 하고, 전처리 과정도 매우 힘들어 점차 내가 합류하는 일이 늘었다. 한때 작은방 한쪽 벽을 다 채웠던 꽃차 병들은 이제 모두 없애고 말았지만, 그래도 1년에 한 번은 진주로 내려가 꽃차 좋아하는 친구 부부와 함께 목련꽃 봉오리를 따러 간다.

목련 꽃차

아내는 '꽃차 만들기'에 관한 한 전문가 수준이다. 나는 무얼 하더라도 대충대충 시작하다 보니 어느 한 분야도 전문가 수준에 이른 적이 없다. 하지만 아내는 전문가에게 기초부터 탄탄히 배우고 뭔가를 시작하기에, 하는 일마다 어느 정도 경지에 오른다. 아내의 '꽃차 만들기' 이력은 이제 10년 가까이 되는데, 집안 한쪽 찻장에는 수십 종에 이르는 다양한 꽃차가 진열되어 있다. 덕분에 자의 반 타의 반 꽃차를 마시게 되었지만, 꽃차 음미 감각이 부족해서 그런

지 대부분의 꽃차 맛 거기서 거기였다. 하지만 유일한 예외가 있다면 그건 목련 꽃차다.

대개의 꽃차는 꽃잎이 펼쳐진 것을 따서 말린다. 하지만 목련 꽃차는 아직 피지 않은 꽃봉오리를 인위적으로 펼쳐 형태를 유지한 채 말린다. 그렇게 만들어야 찻물에 꽃차를 담그면 꽃잎이 활짝 피면서 예쁜 꽃 모습을 찻잔 속에서 재현할 수 있다. 다만 이렇게 하려면 대단한 노하우가 필요한데, 여러 공정 중에서 한 가지라도 실수를 하면 원하는 결과를 얻을 수 없기 때문이다. 그래서 꽃잎이 갈변하지 않고 병아리색을 띠면서 꽃봉오리 형태를 그대로 유지한 목련 꽃차는 그 자체만으로도 값어치가 있다.

비염이나 축농증 같은 코 질환에 좋고 피부와 면역력에도 좋다지만, 나는 무엇보다 그 향기가 좋다. 목련 꽃차의 향기는 너무나 독

특해 나의 필력으로 따라갈 수 없다. 다만 매혹적이라는 단어로 대신할 뿐이다. 몇 년 전 일본인 요리 선생님께 꽃차 몇 가지를 선물했는데, 그의 선택은 당연히 목련 꽃차였다. 미각과 향기에 관한 한 오랜 훈련과 경험을 거친 그가 아무런 선입관 없이 선택하였으니, 목련 꽃차의 특별함이 어느 정도 입증된 셈이다.

처음 배울 때 꽃차 재료 대부분은 아내의 꽃차 선생님으로부터 구매했지만, 목련 꽃차에 매료된 이후 우리 집에서는 주로 목련 꽃차를 매년 만들고 있다. 공기 오염이 적은 깊은 산골 마을 목련 나무에 핀 꽃봉오리를 대량으로 구입해야 하니, 구하기도 힘들고 그 비용도 만만치 않았다. 그러던 와중에 지리산 자락 자신의 본가에 목련 나무가 있다는 이야기를 친구 부인께 듣게 되었다. 그 역시 꽃차 마니아였다. 매년 이맘때 진주로 내려가 그 집 나무에서 꽃을 따다 보니 나무가 망가져 더는 딸 수 없게 되었다. 미안한 일이었다.

올해는 진주 인근의 묘목재배 농가의 도움을 받아 제법 많은 목련 꽃봉오리를 확보하게 되었다. 그것 역시 발이 넓은 친구 아내 덕분이었다. 기회가 있다면 상품으로 판매할 예정이다. 하지만 인터넷 가격이 10g에 10,000~20,000원가량 하니 과연 누가 구매할까, 그 구매자와 어떻게 연결할 수 있을까, 구매자는 나처럼 이 고상한 향기와 풍미에 공감할까 등등 벌써부터 고민이 산더미만 해져 나를 괴롭히고 있다. (2021년 3월 8일)

청귤 말리기

어제 처음으로 도루묵 식해를 만들었다. 오늘은 청귤로 차를 만들기 위해 편으로 잘라 말리기 시작했다. 제주도 지인이 보내온 이 청귤은 그냥 먹어도 맛있다. 조금 남은 건 청을 담았다. 일식에서는 폰즈를 만드는 데 스다치를 쓴다. 이는 현재 제주도에서도 재배하고 있지만 1980년대에 일본에서 수입된 것으로 신맛이 강해 바로 먹기는 힘들다. 스다치와는 달리 청귤은 익기 전의 온주 밀감으로

우리 토종이다. (2020년 9월 11일)

　*폰즈 ポンず |ポン酢]: 감귤류의 과즙을 이용한 일식 조미료
　*스다치 すだち [酢橘]: 영귤

팔삭을 아시나요?

팔삭八朔이라는 귤을 알고 있는가? 얼핏 보면 자몽 같기도 오렌지
같기도 하지만, 그 맛은 전혀 다르다. 귤 맛이 거기서 거기 같지만,
팔삭의 맛은 예상과 상상을 완전히 벗어나는, 다른 차원의 맛이다.
물론 나의 주관적 평가임을 부인할 수 없지만.
어릴 적 어머니가 커다란 귤을 드시고 있으셔서, 따라 먹었더니만

너무 시어서 혼이 났던 기억이 있다. 그건 나쓰미깡夏蜜柑, 즉 하귤이었다. 내가 먹기 힘들어하자 어머니께선 설탕에 찍어 먹으라 하셨지만, 그것 역시 맛이 너무 새콤해 별로였다. 그 후 나이가 들면서 그 정도 신맛은 인상 매운 것에 비해 아무것도 아니란 걸 알게 되었고, 그 신맛 속에서 단맛을 느낄 지경까지 이르렀다. 이제 기회가 생기면 마다하지 않고 먹게 되었고, 점점 그 맛에 중독되어 나중에는 초여름 제주에 갈 때마다 제주 지인에게 부탁해 사다 먹기도 했다.

2010년 3월 제주로 잠입해, 한 달 동안의 은거 생활에 들어간 적이 있었다. 그 직전 늦가을, 졸지에 당한 끔찍한 교통사고의 후유증으로 1년 휴직원 내고는 제주로 단신 휴양에 들어간 것이었다. 억지로라도 몸을 움직여 재래시장에 들르거나 해안선을 산책했고, 조

금씩 건강이 회복되면서 오름도 오르고 지인들과의 만남도 이어 갔다. 그러던 와중에 재래시장에서 만났던 과일이 바로 팔삭이었다. 좌판의 할머니께서 내가 하귤을 먹을 때처럼 속껍질을 벗기는 것을 보고 "어, 먹을 줄 아네!" 하며 팔삭에 대해 자세히 설명해 주었다. 이후 팔삭을 규슈에서 만났고, 거기서도 과일의 이름이 '팔삭 八朔(핫사쿠)'인 것을 알고 반가웠다, 한국과 일본 중 어느 곳이 기원인지는 내게 중요하지 않았다. 나는 팔삭의 오묘한 맛에 반해 매년 주문해 먹어 왔고, 올해도 어김없이 주문했다. 어떤 과일에서도 음미할 수 없는 그 오묘하고 절묘한 맛은 올해도 여전했다.

자몽이나 하귤은 속껍질이 질겨 겉껍질뿐만 아니라 속껍질까지 벗겨야 먹을 수 있는데, 팔삭도 마찬가지다. 그 맛은 자몽, 하귤, 한라봉, 천혜향 등 내가 알고 있는 모든 귤의 맛을 섞어 놓은 것 같은데,

약간 싱거워 오히려 산뜻한 느낌이 났다. 어릴 적 타의 추종을 불허했던 그 환상의 맛, '오란씨'의 기억을 송환하기도 했다. 물론 '오란씨'보단 훨씬 더 자연스럽고 부드럽다. 팔삭은 여덟 달 만에 나온 아이를 말하는 팔삭둥이와 같은 한자를 쓴다. 어쩌면 팔삭이라는 이름이 그 싱거운 맛에서 비롯된 것이 아닌가 추측해 본다.

맛이 순하고 산뜻해 그냥 먹어도, 주스를 만들어 먹어도 좋고, 소스에 첨가하거나 케이크의 장식에 써도 전체적인 맛을 헤칠 우려가 거의 없다. 냉장고에 둬도 오래 보관할 수 있고, 속껍질을 벗겨 많은 양을 저장 용기에 담아 냉장고에 두면 제법 오랫동안 먹을 수 있다. 숙취에도 좋은 것 같아 팔삭을 믿고 과음해 보기도 했다. 팔삭의 그 탁월한(?) 맛은 속껍질을 벗기는 수고를 충분히 보상해 줄 것이라 확신하니, 한번 시식해 보시길 권한다. (2021년 3월 7일)

인생, 참 난해한 무엇이다.

괴테는 '초록색'을 예찬했다. 노랑과 파랑이 결합하면서 나타나는 첫 움직임의 첫 번째 결과로 초록색이라 부를 수 있는 색깔이 나오기 시작한다고 하면서, 그 초록이 변해갈 때마다 숨이 멎는 즐거움을 경험한다고 했다. 손 교수 또한 가장 기본적이고 순수한 초록뿐 아니라, 다양한 스펙트럼의 초록을 민감하게 구별할 줄 아는 지리·지정학자이다. 그는 그런 다양한 초록을 찾아 한반도 태백산맥과 일본 곳곳을 샅샅이 돌아다녔고, 호주·아시아·중앙아시아와 미국과 유럽 각지를 걸어다녔다. 그 대상이 음식이든 지리탐구든 헤게모니 속의 영웅들에 대한 만남이든 마다하지 않았다.

그는 매번 새로운 도전을 그렇게 받아들였다. 그저 그에게 주어진 길만을 걸어가면 되는데 이 친구는 '어제 그랬듯 오늘을'이 아니라, '내일 넘어지는 한이 있더라도 오늘을'로 그 배역을 바꾸는 꿈을 꾸고 또 꾼다. 그게 그의 인생이 볼수록 난해한 이유이다.

자신에게 주어진 정해진 시간을 감사하게 여기고, 잘게 잘라 그 인생을 낭비하지 않으려 애쓰는 자가 간혹 있다. 언제 만나도 좋은 사람 극히 드물 듯, 언제 읽어도 좋은 문장 역시 드물고, 언제 먹어도 좋은 음식 정말 드물다. 결국, 시간이 지나도 여전히 좋은 친구가 진짜 좋은 벗이고, 진짜 좋은 글이고, 진짜 좋은 양식이다.

다른 건 없다. 아무것도.

전 덕봉·동해학원 이사장 양길용

3장

오늘도 불 앞에서
주방을 지키고 있다

오픈 빨

'오픈 빨', 당연히 표준어는 아니다. 자영업자들 사이에서 일상어처럼 쓰이는 단어 중 하나였다. 가게를 처음 열면 홍보에 집중하게 되고 또한 주변 지인들이 인사치레로 가게를 찾으니, 가게 열자마자 예상외로 문전성시를 이루다가 어느 순간 매상이 급감하는 현상을 보통 오픈 빨이라고 하는 듯하다. 나라고 예외는 아니었다. 내가 겪은 바에 따르면 대략 몇 가지 유형으로 나누어 볼 수 있다. 본인은 물론이고 주변 친구들 몰고 오는 유형, 소문 듣고 도대체 그 친구 무슨 짓을 하는 건가 궁금해서 혼자 찾아오는 유형, 과거 안면에 어쩔 수 없이 찾아오는 유형, 새로 생긴 가게라 우연히 들렀다가 계속 찾아오는 유형, 등등 정말로 다양하지만, 그 견인력은 얼마 가지 않았다. 나의 경우 11월에 문을 열고 두 달가량 제법 많은 고객이 답지했는데, 12월이 연말이라 그 덕도 보면서 잘 버텼다. 하지만 1월로 접어들면서 하루 1건 정도 되던 예약 손님도 급속히 줄어들기 시작했다.

처음 시작하면서 일본에서 구입한 6칸, 8칸 사각형 오뎅냄비 두 개에 무려 11~12가지의 오뎅 내용물을 준비했다. 무, 각종 어묵, 간모토키(두부를 갈아 각종 채소를 넣고 튀긴 것), 표고, 곤약, 계란, 스지(소의 힘줄 삶은 것), 토마토, 문어 다리, 군두부, 모찌긴자쿠(유부주머니 안에 찹쌀떡 넣은 것) 등 일본 오뎅집에서 먹었던 것들, 《모던 오뎅》 책자에서 봤던 것들을 생각나는 대로 오뎅 냄비에 담았다. 완성도가 떨어지다 보니 어떤 건 메뉴판에 넣지도 못하고 그냥 사라져 버린 것도 있을 정도라 좌충우돌 그 자체였다. 하지만 노인이 애쓰는 모습, 친구가 애쓰는 모습을 그냥 너그러이 봐주었던 것 같다. 개업 초창기 오픈 빨 때는 손님들이 한꺼번에 들이닥치는 것이 보통이다. 아직 익숙하지도 않은데 허둥대는 모습 보이기 싫어 서둘다가 손도 많이 베었다. 흐르는 피를 지압 붕대로 감고, 그것도 안 되면 지혈약을 발라가면서 상황을 모면하기도 했다.

그래서 생각한 게 즈키다시였다. 술 주문을 먼저 받고 미리 만들어 둔 즈키다시를 내준 후 시간을 벌고, 이후 주문한 안주를 천천히 내

〈동락〉을 방문해 준 후배들. 주방 유니폼을 입고 싶어 해서 빌려주었다.

준다는 전략이었다. 어떤 즈키다시든 하루나 이틀 지나면 맛과 신선도가 떨어지니 가능하면 그날 쓸 건 그날 만들어야 했다. 한 가지로 계속 버티면 손님들도 싫어하겠지만, 나도 참을 수 없었다. 나는 아무리 유명하고 근사한 식당이라도 계절에 따라 음식이 바뀌지 않는 식당은 '두 번 다시'가 아니라 '세 번 다시' 가지 않는다.

즈키다시 vs 즈케다시

주문과 관계없이 좌석에 앉자마자 나오는 전채를 '즈키다시突き出し'라 하고, 주문 중간중간에 술이나 안주에 곁들여서 내놓는 안주를 '즈케다시付け出し'라 한다. 일본 주점에서는 모두 유료이며, 특히 전자는 자릿세의 의미가 있다.

우리나라에서는 스키다시, 찌께다시, 지깨다시 등으로 불리면서 무료 안주의 대명사가 되고 있다. 얼마나 많고 다양한 스키다시가 나오느냐에 따라 그 식당의 성가가 달라지기도 한다. 하지만 주메뉴의 부실함을 메우기 위한 하나의 전략으로 식탁에 쫙 깔아 놓는 허접한 요리라는 부정적인 측면도 없지 않다.

우리 가게에서는 술과 메인 안주를 주문받으면 술과 함께 전채를 무료로 내놓는다. 물론 준비가 되어 있다면 그렇다. 메인 안주를 준비할 시간을 번다는 측면도 있고, 우리 가게는 이 정도의 음식을 제공하고 있다는 암시도 된다. 요리 감각을 잃지 않기 위해 이것저것 만들어 보는데, 오늘은 참치 캔에 양파와 후추, 씨겨자, 마요네즈로 양념을 했다. 굳이 구분하자면, 메인 안주를 주문받고 내놓는 전채는 즈키다시가 아니고 '오토시お通し'라 한다. (2020년 10월 5일)

닭가슴살 샐러드 혹은 콜슬로

이제 9시, 혹은 10시 영업 종료로 소규모 식당이나 주점들은 난망한 상태에 빠져 있다. 우리 가게도 예외는 아니어서, 불황을 타개할 갖가지 아이디어를 구상하지만 대개 공염불로 끝나고 말았다. 왜냐하면 아이디어에는 결국 투자가 뒤따라야 하는데, 투여된 시간이나 수고는 고사하고 과연 본전이라도 건질 수 있을까 확신이 서질 않기 때문이다. 그만큼 1인 식당은 극단적 모험 기업이다. 가게마다 규모와 메뉴 그리고 고객층이 다른 이상, 전략 또한 그 어떤 전형적 아이디어라는 게 있을 리 없다. 전문가나 경험자로부터의 조언이 별 도움이 되지 않는 것도 이러한 이유 때문이다.

어제는 가게 메뉴 중에서 비프스튜와 개념적으로 겹치는 스지조림을 빼고, 대체 안주로 냉채류를 생각해 보았다. 이 책, 저 책 뒤적이다가 닭가슴살, 양배추, 당근, 가능하면 녹두 당면을 재료로 한 샐러드가 떠올랐다. 이런 류의 안주가 필요한 이유는 이전에 있었던 숙주볶음이 없어지면서 우리 가게 메뉴에서 야채류 안주가 완전히 사라졌기 때문이다. 게다가 여름철 안주도 슬슬 구상해야 했다. 물론 우리 가게 구조와 특성에서 샐러드류 안주가 과연 성공할 수 있을지는 의문이었다.

해 보지 않고는 아무것도 이룰 수 없다고 하니, 우선 가까운 롯데슈퍼(비쌌다)에 가서 냉장 닭가슴살과 양배추를 사 왔다. 내열 용기에 닭가슴살을 담고 청주를 적당히 부은 후 전자레인지에서 돌렸다. 닭가슴살은 결이 있어 잘 찢기나 완전히 식히지 않으면 그것도 쉽지 않았다. 양배추도 당근도, 찢어 놓은 닭가슴살 크기로 채를 썬다. 여기서 색감을 위해 샐러리도 첨가했다. 드레싱으로는 홀그레인 머스터드를 기본으로 올리브유, 쉐리 비니거, 설탕, 후추를 첨가해 나름의 소스를 만들었다. 나쁘지 않았다.

하지만 문제가 하나 생겼다. 닭고기의 양이 적어 닭가슴살 샐러드라기보다는 '콜슬로'에 가까워졌기 때문이다. 콜슬로coleslaw는 네덜란드식 양배추 샐러드 코울슬로koolsla에서 기원한 것으로, 피자헛이나 KFC에 가면 마요네즈 베이스의 콜슬로를 만날 수 있다. 기름진 음식을 먹을 땐 딱이라, 나는 피자나 햄버거 같은 패스트푸드를 먹을 때 이것이 메뉴에 있으면 무조건 주문한다. 콜슬로는 마요네즈 이외에도 식초와 올리브유를 베이스로 한 것도 있는데, 독일식 양배추절임인 사우어크라우트도 이런 류에 해당한다고 볼 수 있다. 지금은 오토시로 제공하고 있으나, 하나의 메뉴가 되도록 점차 닭고기양을 늘려 나갈 예정이다. 성공적인 메뉴로 정착하길 기대해 본다. (2021년 2월 16일)

톳조림

톳은 우리에게 익숙한 해초류이지만, 톳을 넣은 톳밥 그리고 두부와 함께 무쳐 낸 톳두부무침 이외에 별다른 요리가 생각나지 않는다. 물론 해초류 비빔밥에도 들어가고, 톳만으로 무친 톳 나물로 먹기도 한다. 일본에서 톳을 히지키ひじき라 하고, 그것을 조린 음식도 히지키라 하는데, 우리 콩나물무침만큼이나 친숙한 반찬이다. 톳조림 그대로 먹기도 하고, 밥에 섞어 오니기리를 만들어 먹기도 한다. 우리 가게에서는 히지키를 간혹 만들어 오토시로 제공하며, 예약 손님이 일찍 오겠다고 하면 미리 매실 주먹밥과 함께 톳 주먹밥을 만들어 놓는다.

재료: 건조 톳(10g), 당근(50g), 표고(2개), 유부(2장), 다시(1컵)

양념: 간장(2큰술), 미림(1작은술), 설탕(2작은술), 청주(1큰술)

조리 순서:

① 건조 톳을 깨끗이 씻은 후, 15분 정도 물에 넣어 불린다. 그 후 꺼내 깨끗이 씻고 먹기 좋은 크기로 자른다.

② 당근과 표고는 채 썰고, 유부는 뜨거운 물을 부어 기름기를 뺀 다음에 채를 썬다.

③ 냄비에 식용유 작은술 1개 붓고, 당근, 톳, 표고를 볶는다. 이후 유부를 넣고 볶다가 다시를 첨가한다.

④ 중불에서 끓어오르면 준비된 양념을 넣는다.

⑤ 냄비 뚜껑을 덮어 잠시 익힌 다음, 조림장이 거의 없어질 때까지 볶으면 완성.

톳은 재래시장이나 마트에서 생물로 만날 수 있고, 건조된 톳을 인터넷으로도 살 수 있다. 요리하는 입장에서는 생각날 때마다 생물을 구입하는 것보다, 말린 톳을 대량으로 구입해 필요할 때마다 불려서 사용하는 것이 편리하다. 여기 톳조림 레시피는 간단하고 기본적이어서 양이나 방법은 각자 변형해도 무방하다. 나도 톳두부무침을 아주 좋아하는 편이지만, 두부가 들어가는 만큼 요리의 보존성이 떨어지는 게 단점이라면 단점이라고 생각한다. 히지키는 제법 오래 두어도 문제없고, 싫증 나면 오니기리 해 먹으면 되니 장점이 만만치 않다. 아주 쉬운 요리이니 한번 시도해 보길 바란다. (2021년 2월 18일)

오토시 삼총사, 그중 곤짠지

아무리 가게가 일본식 주점이라 해도 우리나라에서 일본처럼 오토시까지 돈을 받다가는 엄청난 항의와 함께 가게 문을 닫아야 할 위기에 몰릴 수 있다. 우리 가게에서는 한두 가지 오토시를 준비해 무료로 제공하고 있다. 게다가 우리 식으로 더 달라고 하면 당연히 제공한다. 오토시는 두 가지 기능을 한다. 하나는 우리 가게 음식의

기본을 보여 주면서 이 정도 가게이니 다른 메뉴도 참고하시라는 가게 안내장과 같은 구실을 한다. 다른 하나는 고객이 주문한 안주를 준비하는 시간을 버는 데 도움이 된다. 주문한 술만 덜렁 내놓기도 그렇고, 그렇다고 안주가 준비될 때까지 고객을 마냥 기다리게 할 수도 없기 때문이다.

오늘은 한 주의 시작인 월요일이라 두 가지 오토시를 준비했다. 하나는 닭가슴살, 양배추, 샐러리를 재료로 한 콜슬로인데 홀그레인 머스터드로 맛을 냈다. 다른 하나는 어묵조림으로 꽈리고추를 더했다. 나머지 하나는 지난주에 만들어 놓고 계속 제공하고 있는 무말랭이 김치, 일명 '곤짠지(무말랭이)'다. 이번에는 곤짠지에 대해 이야기해 보고자 한다.

어릴 적 경북 청송에 있던 큰댁에 가면 곤짠지라는 무말랭이 김치가 나왔는데 꼬들꼬들한 식감이 아주 인상적이었다. 너무 잘 먹으니 큰어머니께서 작은 항아리 가득 싸 주셔서 집에 가져간 기억이 있다. 그 후 한동안 잊고 지냈던 이 음식을 얼마 전 청송 심씨 고택인 송소고택 옆 심부자밥상에서 만났다. 화려하지는 않지만 정갈한 아침상 한구석을 곤짠지가 차지하고 있었다. 청송 심씨는 조선 시대 왕비가 많이 나온 가문으로 유명한데, 세종의 비가 바로 청송 심씨다. 식당 주인과 이야기 끝에 그가 바로 이 고택의 안주인, 다

시 말해 종부란 걸 알게 되었다. 송소고택을 숙박업소로 과감하게 바꾼 이가 자신이며, 숙박객들의 아침 식사를 제공하기 위해 심부자밥상이란 식당까지 마련했다고 한다. 물론 이 고택은 청송 심씨 종택은 아니다.

하지만 내 기억과는 다른 모습의 곤짠지를 보고 종부에게 왜 곤짠지에 고춧잎을 넣지 않았냐고 물었더니만, 대량으로 구하기 어려워서 그랬다는 답변과 함께 이전에는 말린 오징어도 넣었다는 귀한 정보를 들을 수 있었다. 여행을 마치고 서울로 돌아와서 즉시 곤짠지 만들기에 돌입했다. 무말랭이는 항상 준비되어 있는데, 오뎅무를 깎으면서 나온 무 껍질 부분을 말려 놓기 때문이다. 이렇게 늘 준비되어 있는 무말랭이, 우리 집 냉동고에서 뒹굴고 있던 피데기

오징어, 인터넷으로 구입한 고춧잎 말린 것, 참치 젓갈, 고춧가루, 다진 마늘을 이용해 곤짠지에 도전했다. 요리를 하지만 김치를 잘 먹지 않을 뿐더러 만들기가 특별히 번거롭다는 선입관 때문에 김치를 즐겨 담지는 않았다. 아마 수년 전 대구알젓 깍두기 이래 처음인 것 같다.

생각보다 만드는 과정은 단순하다. 바싹 마른 무말랭이는 5분가량 물에 담그고는 건져서 짜고, 오뎅 다시를 넉넉히 부어 무에 수분과 맛을 더했다. 마른오징어를 적당한 크기로 잘라 넣는 것 이외 나머지는 일반 김치 담그는 것과 같아 생략한다. 마른오징어와 무말랭이가 빨아들이는 수분이 생각보다 많아 어쩌면 다시를 보충해야 할지 모르겠다. 하루 정도 실온에 두었다가 냉장고에 보존하면 제법 오랫동안 먹을 수 있다. 어제 충북 괴산이 고향이라는 젊은 손님 한 분이 다른 것보다 무말랭이 맛있다며 한 접시 더 달라고 했다. 큰어머니의 곤짠지 맛은 잊어버려 내 것과 비교할 수 없으나 그런대로 먹을 만한 모양이라 다행이었다. 게다가 오뎅 무 깎고 남은 걸 재활용할 수 있어 일석이조인 고마운 오토시였다. (2021년 4월 27일)

식감의 왕 궁채 볶음

몇 년 전 아내가 반찬가게에서 사 온 궁채나물의 식감은 정말 환상적이었다. 아삭하고 찰지고 쫀쫀하고……. 야채에서 상상할 수 없는 바로 그 식감 때문에 어떤 양념으로 무쳤는지, 맛이 어떠했는지는 별 상관이 없을 정도였다. 그러다가 그 반찬가게가 없어지면서 궁채나물은 우리 집 식탁에서 사라졌다. 하지만 스스로 궁채 나물을 구입해 직접 만들어 볼 생각은 하지 않았다. 왜냐하면 나물을 무친다는 건 대개 아내의 소관이었고, 내가 자주 다니던 마트나 시장, 식자재 매장에서 궁채를 본 적이 없었기 때문이다. 그러나 궁채는 늘 가까이 있었다.

수입 식자재 매장에서 늘 봐 왔지만 한 번도 손이 간 적이 없는 쯔

게모노漬物가 있었는데, 그건 녹색 채소에 붉은색 고추기름으로 양념되어 있었고 흰 통깨도 뿌려져 있었다. 중국이나 동남아 식자재를 연상케 하는 비주얼은 내가 아는 일본풍 쓰게모노와는 달라도 너무 달라 지금껏 만지기 꺼렸던 건데, 바로 이것이 일본에서 수입된 야마구라게 쓰게모노山くらげ, 궁채 절임이었다. 가격은 예상외였다. 비닐 팩에 1kg 남짓 담긴 그것의 가격은 27,000원이라, 매대 근처 그 어떤 쓰게모노보다 훨씬 고가였다. 그 맛과 향은 대개 들깨로 무치는 우리 식 궁채 나물과는 완전히 달랐지만 나름 먹을 만했고, 식감은 여전히 매력적이었다.

궁채는 마트에서 쉽게 볼 수 있는 야채가 아니었다. 상추의 일종인 궁채는 잎보다는 줄기를 식용으로 이용하기에 줄기상추stem lettuce로도 불리는데, 중국에서 많이 재배되고 있고 우리나라에서 시판되고 있는 건 대개 중국산이기 때문이다. 나는 주로 온라인에서 구매하는데, 그곳에는 말린 궁채도 있고 물에 불려 손질한 궁채도 있었다. 하지만 가격은 생각보다 비쌌다. 보통 궁채는 무침이나 조림의 주재료나 보조 재료로 쓰이며, 수입 식자재 매장의 야마구라게 쓰게모노는 라유를 이용한 중국풍 절임 방식이다. 야후 재팬에서 찾은 이와 비슷한 레시피를 따라 내 나름의 궁채 볶음을 만들어 보았다.

① 마른 궁채 40g을 물에 담가 1~2시간 둔다.

② 3~4㎝ 길이로 자르고 물기를 없앤다.

③ 가열된 프라이팬에 식용류(1큰술)를 붓고 다진 마늘(1큰술)과 함께 궁채를 가볍게 볶는다.

④ 이어서 설탕(2작은술), 청주(1큰술), 굴소스(1작은술), 간장(1큰술), 다시(100cc)를 넣고 중간불에서 10분간 졸인다.

⑤ 물기가 없어지면 불을 끄고 식초(1작은술), 랴유(1큰술), 흰 통깨(1큰술)를 넣어 버무린다.

최종 결과는 갈색을 띠는데, 시판되는 것처럼 녹색을 띠려면 데쳐서 소금에 절이거나 양념을 해야 한다. 물론 이는 다음 숙제로 미루

어도 된다. 사진 속 청어소바처럼 궁채 볶음은 다른 음식의 고명으로 이용될 수 있다. (2021년 10월 15일)

염장 다시마와 배추절임

일본식 배추절임은 대개 두 단계로 이루어진다. 우선 통배추를 두 쪽 혹은 네 쪽으로 자른 후 소금(배추 무게의 4% 정도)을 뿌리고, 배추 무게의 두 배가량 되는 누름돌을 올려놓고 하루 이틀 지나 물이 올라오면 소금 절임이 완성된다. 이렇게 절여진 배추는 물기를 가볍게 짠 후 다시마와 마른 고추를 넣고, 배추 무게와 같은 누름돌을 얹어 맛이 들기 기다리면 끝이다. 발효가 잘되어 알싸하고 시원하며 깊은 맛을 내는 우리 백김치와는 달리, 일본식 배추절임은 심심해 어떤 음식과도 잘 어울리고 만들기도 쉬워 나름 매력이 있다. 나는 가능하면 우리 가게 음식을 직접 만들려고 노력한다. 오뎅에 들어가는 무와 간모도키(두부완자)를 직접 만들어야 하고, 돼지고기 된장절임과 시메사바(고등어 초절임) 그리고 치킨가라아게 재료도 정기적으로 만들어야 한다. 이 와중에 오토시도 매일매일 준비해야 하니 제법 바쁘다. 요즘 배추가 맛있을 계절이라 오토시로 배추절임을 만들어 보았다. 직접 배추를 절이기보다는 시판용 염

장배추를 이용했다. 염장배추는 이 계절에 쉽게 구입할 수 있고, 냉장고에 넣어 두면 제법 오랫동안 쓸 수 있다.

내가 하는 배추절임은 간단하다. 염장배추는 반쪽씩 절여져 있는데, 이를 다시 둘로 나누어 모두 두 포기 반, 총 열 쪽만을 시험 삼아 절여 보았다. 우선 담금통에 한 번 짠 염장배추를 깔고 생강편과 마른 고추를 얹고는 맛을 내기 위해 시판하고 있는 염장 다시마를 적당히 뿌려 준다. 그 위에 다시 배추를 얹고 이 과정을 반복한다. 누름돌을 얹고는 하루를 기다리면 물이 올라와 배추절임이 완성된다. 김치를 잘 담는 아내가 먹을 만하다고 하니, 용기가 솟아서 다음 주부터 오토시로 내놓을 예정이다.

원래 염장 다시마塩昆布(시오콘부)는 다시를 내고 남은 다시마를 채 썰어 간장과 미림으로 졸인 후 말려 여기에 소금을 뿌린 것이다.

우리 가게에서는 다시를 내기 위해 다시마를 많이 쓰기에 직접 만들어 볼 수 있다. 그러나 앞서 밝혔듯이 해야 할 일이 많은 1인 식당이라 여기까지 손이 미치지 않아 시판되고 있는 염장 다시마를 쓴다. 염장 다시마는 주로 야채 절임용으로 이용하는데, 에다마메(풋강낭콩)와 염장 다시마를 섞어 오니기리를 만들기도 하고 흰쌀밥에 염장 다시마를 얹어 오차즈케를 해 먹기도 한다. (2021년 11월 18일)

 *오차즈케 お茶漬(け): 밥에 차나 맑은 국물을 부어 먹는 것

나만의 레시피를 찾다

한 번 오신 분이 두 번 오고, 그분이 또 다른 분을 모시고 오면서 단골이 생기기 시작했다. 또 어떤 이는 가까이 직장이 있어 퇴근길에 들리기도 하니, 가지고 있는 메뉴로는 한계가 있었다. 자주 오시던 선배가 말했다. "야, 뭐 다른 것 없냐? 맨날 오뎅만 먹기도 그렇고……." 일식당 타이틀을 걸고 김치찌개를 내놓을 수는 없고, 그렇다고 사시미를 본격적으로 하기에는 실력도 가게 환경도 받쳐주지 않고, 쇠고기 안심 다다키처럼 원가가 너무 비싼 것도 동락에는 어울리지 않았다. 이럴 땐 어머니가 해 주신 음식이나 일본 여행 중에서 인상 깊었던 음식, 그것도 아니면 학원에서 배우면서 혹시 가게를 하면 이것 해 보면 어떨까 체크해 두었던 것들을 시도하기로 했다. 예약 손님이 있을 때를 대비하여 준비해 두거나 급하면 언제든지 임기응변으로 동원할 수 있는 메뉴를 몇 가지 생각해 보았다.

그나저나 나는 칼질이 서툴러도 회수율(생선포 무게/생선 원물 무게)로 따지면 병어만 한 것이 거의 없다고 생각한다. 병어는 내장이 거의 없고 머리도 아주 작아 다루기 쉬운데, 비늘 벗기기도 간단한 생선이다. 게다가 가락시장에 아침에 가면 갈치, 고등어, 아귀와 함께 병어는 언제든지 있었다. 해서 혹시 급하게 뭔가를 마련해야 한다면, 병어가 대안이었다. 사 와서는 사시미, 졸임, 구이, 무엇을 해 놓아도 맛있었다. 괜히 '바다의 버터'라는 별명을 얻은 게 아니었다. 참, 아귀도 좋다. 이건 다루기가 어려워 나는 보통 상인에게 손질을 부탁한다. 가운데 몸뚱어리 부분만 떼 내어 덴푸라를 해 먹으면 좋지만, 그래서는 얼마를 받아야 할지 견적이 나오지 않는다. 대개 아귀 나베을 만들어 손님들에게 조금씩 나누어 준다. 돌이켜 보면 이런 식의 새로운 요리 시도는 대개 '현' 선배 일행에서 비롯되었던 것 같다. 정말 그 선배는 우리 가게 정말 자주 와 주셨다. 후배가 늦은 나이에 시작한 식당이 파산했다는 소문을 듣기 싫었던 것일지도 모르겠다. 감사한 일이다.

돼지등심 미소구이

우리나라에서 돼지의 삼겹살과 목심은 구이, 안심과 등심은 돈가스, 전지(앞다리)는 족발, 후지(뒷다리)는 햄이나 탕수육 등으로 그용도가 특화되어 이용되고 있다. 돼지고기 도매 시세를 대략적으로 살펴보니, 삼겹살을 100으로 했을 때 목심 80, 안심 43, 등심 42, 전지 40, 후지 20 정도였다. 삼겹살 수요가 엄청나다 보니 다른 부위는 남아나고, 남은 다른 부위의 저가에 따른 손실은 오롯이 삼겹살에 부가되다 보니 자연스럽게 이런 식의 가격이 등장하게 된 것이다. 물론 삼겹살은 맛있다. 그러나 건강이나 영양 측면에서 삼겹살은 등심에 비할 바가 아니다.

셰프의 입장에서는 값은 저렴하지만 조리 후 부피가 많이 줄지 않

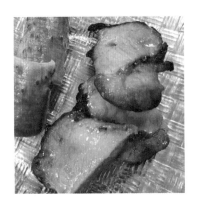

는 부위를 조리해 고가의 요리를 탄생시킬 수 있다면 그게 최선이다. 하나 그 부위는 대개 퍽퍽하거나 질기거나 맛이 덜한 편이다. 밑처리나 숙성과 같은 특별한 과정이 요구되고, 조리법도 다양하게 개발해야 한다. 그러다 보면 지나치게 숙성되어 돼지고기 요리를 두고 소고기 맛이 난다고 칭찬 아닌 칭찬, 자랑 아닌 자랑을 하게 된다. 하지만 나는 돼지고기 요리는 돼지고기 맛이 나야 한다고 생각한다.

이번에는 비교적 가격이 싼 돼지고기 등심을 이용한 요리를 소개하려 한다. 이 요리의 일본식 이름은 '부타니쿠 사이쿄야키豚肉 西京燒き'인데, 이름 그대로 사이쿄야키라는 조리법을 이용한 돼지고기 구이라 할 수 있다. 사이쿄, 즉 서경西京은 동경과 대비되는 말이고 동경은 일본의 수도 도쿄東京를 말한다. 일본은 1868년 메이지 혁명으로 천황의 친정이 시작되고, 수도는 원래 천황이 살던 교토京都에서 막부가 있던 에도江戸로 옮겨 간다. 이후 에도는 도쿄로 그 이름을 바꾸면서, 교토는 동경에 대비되는 서경이라는 별칭을 갖게 된다. 따라서 사이쿄야키는 교토의 전통조리법 중 하나로 예상할 수 있다. 실제로 교토의 황실이나 공가에서는 미소에 절인 육고기나 생선을 구운 요리를 즐겨 먹었다고 한다.

이 요리에 사용되는 미소는 교토 특유의 발효가 덜 된 시로미소白

味噌(백된장)로, 오늘날 사이쿄미소西京味噌라는 이름으로 통칭되고 있다. 사이쿄야키에 이용되는 재료는 지방질이 적어 구워 놓으면 퍽퍽해질 수 있는 삼치, 참치, 연어와 같은 생선이나, 돼지고기 중에서도 등심이나 안심 등이 이용된다. 이 요리에 시로미소가 제격인 이유는 원재료의 색상에 크게 영향을 주지 않을 뿐만 아니라 시로미소의 가벼운 맛 덕분에 과하게 절여지는 것도 예방할 수 있기 때문이다. 더군다나 미소로 염장을 한 셈이 되니, 찰진 질감도 얻게 된다.

돼지 등심은 롤케이크처럼 길게 성형되어 나오고, 단면은 초창기 아이폰 크기 정도 된다. 400g 등심을 1.5cm 두께로 썰면 네 조각 나오고, 여기에 필요한 절임지는 시로미소 300g, 미림 60g, 설탕 30g 분량이다. 개인적으로 간이 약간 세다는 느낌이 있어 가감이 필요하다. 미소에 절이는 음식을 할 때 팁은, 절이고 난 후 꺼낼 때 재료에 된장이 묻지 않도록 하는 것이다. 실제로 된장이 묻어 있으면 그걸 떼어 내기 쉽지 않다. 그래서 적당한 크기의 용기에 절임지 절반을 평평하게 깔고 그 위에 거즈를 덮는다. 그 위에 고기를 펼치고 다시 거즈를 덮은 후 나머지 절임지를 펼쳐 놓으면 된다. 하루쯤 재워 두면 제대로 절여지는데, 꺼낸 등심은 진공 포장해 냉장고에 두면 제법 오랫동안 먹을 수 있다. (2021년 1월 25일)

병어

현 선배가 친구 4명과 함께 온다고 예약한 날이었다. 참치 아카미에 뭔가 하나 더 있으면 좋겠다고 생각해 가락시장에 갔는데 전어와 병어가 보였다. 병어는 끝물이고 전어는 아직 들어갈 시절이 아니라 병어를 택했다.

나는 부산 태생이라 크면서 병어를 접할 기회가 그다지 없었다. 그러나 최근 가락시장을 출입하면서 병어의 맛과 그 튼실함을 알게 되었다. 뼈째 먹을 수 있는 작은 병어 열두 마리를 2만 4천 원에 구매했다. 일곱 마리는 회로 제공할 예정이고 나머지는 작은 병어의 소금구이를 좋아하는 조 사장을 위해 손질 후 냉동고에 넣어 두었

다. 병어 큰놈도 한 마리 샀는데, 조림해 먹으면 아주 좋을 것 같았다. (2020년 9월 18일)

아귀 냄비

현 선배는 나에게 특별한 사람이다. 고등학교 3년 선배이자 고등학교 시절 교내 아마추어 야구팀의 선배이기도 했다. 하지만 3년 차라 학교를 같이 다니지 않아 그다지 교분이 없었다. 그럼에도 동락을 자주 찾아 주는 선배였다. 오늘 나는 그를 위해 특별메뉴 아귀 냄비를 준비했다.

일본식 아귀 냄비는 아귀를 장만해 각종 야채와 1번 다시를 넣고

끓이기만 하면 된다. 익으면 하나씩 꺼내 즈유에 찍어 먹으면 좋다. 맑은 국물을 원하면 소금과 간장으로, 아니면 된장으로 간을 해도 좋다. 아귀 장만은 의외로 쉽다. 토막 치고 소금에 적당히 버무려 20분 둔 후, 끓는 물에 데쳐 식히면 그것으로 끝이다. 참, 가장 맛나는 아귀간은 술에 20분 담가 둔 후 사용하길. 보글보글 끓는 냄비 요리에 사케나 비~루가 더해진다면 금상첨화. (2020년 9월 18일)

　*1번 다시 [一番出汁]: 처음 우려낸 다시마, 가쓰오부시 육수

　*즈유 つゆ [汁·液]: 맑은 조미간장

　*사케 さけ [酒]: 술, 청주

　*비루 ビール: 맥주

간편 오이절임

간혹 오이 알러지가 있는 사람도 있지만, 대부분 오이를 좋아한다. 요리사의 입장에서는 다루기 편하고 어떤 요리와도 잘 어울리기 때문에 즐겨 사용하는 편이다. 오이소박이, 오이피클처럼 단독으로 하나의 요리가 될 수 있고, 문어오이초절임처럼 다른 재료와 함께 제공될 수 있으며, 메인요리의 가니시garnish, 일본어로는 아시라이あしらい, 우리말로는 곁들임으로도 좋다. 오이도 종류가 다양해 다다기오이(백오이), 취청오이, 가시오이 등이 있는데, 요즘 밝은색의 다다기오이가 시장에서 대세다. 아마 껍질이 부드러워 씻어서 바로 해 먹을 수 있기 때문이라 생각한다. 어쩌면 생산원가가 적게 들기 때문인지도 모르겠다.

우리 가게 오이절임은 양념을 가볍게 하고 그날 쓸 것을 그날 만들기 때문에(이틀 갈 때도 있다), 피클처럼 시지 않고 아삭한 맛이 살아 있다. 이 때문에 오토시나 스케다시 혹은 아시라이로 내놓아도 손님들이 남기는 법이 없다. 이것이 가게 음식 중에서 최고라고 하는 사람도 있는데, 그럴 땐 웃어야 할지 울어야 할지 내심 고민이 된다. 어떤 이는 겸연쩍은 얼굴로 오이를 더 줄 수 있냐고 묻기도 하고, 또 어떤 이는 레시피를 묻기도 한다. 그러니 혹시나 해서 별것 아닌 간편 오이절임 레시피를 소개하려 한다.

우선 오이를 세로로 이등분한 후, 가운데 씨를 제거한다. 씨가 있으면 쉽게 물러지고 아삭한 맛이 줄어들기 때문이다. 씨를 제거하는데 어떤 도구가 좋을지 고민해 보시기 바란다. 나는 석장 뜨기를 한 후, 생선의 가운데 뼈를 제거하는 데 쓰는 집게의 뒷부분을 사용한다. 물론 이는 일본인 선생으로부터 배운 것이다. 티스푼도 나쁘지 않다. 이후 적당한 뚜께로 채 썰거나, 오이 등 쪽에 칼집을 넣으면서 2~3센티 길이로 써는데, 그건 기호에 따라 선택하면 된다. 나는 아삭한 맛을 좀 더 유지하기 위해 후자를 선호하는 편이다.

다섯 개 정도의 오이에 양념으론 소금 1큰술, 설탕 1큰술, 식초 1큰술, 있다면 청주 1큰술, 이게 끝이다. 버무려 놓고 한 시간 정도 지난 후, 생겨난 물을 따르고 보관 용기에 옮겨 담는다. 조금 더 달고,

더 짜고, 더 신맛을 원한다면, 기호에 따라 양념의 양을 조절하면 된다. 너무 간단해 소개한다는 게 민망할 정도이지만, 분명 맛있을 것이다. (2020년 11월 20일)

김조림과 김무침

마트에서 사서 집에서 먹는 김은 대개 조미김이다. 우리는 참기름 베이스에 소금을 친 바싹한 김을 즐겨 먹으나, 일본 조미김은 간장 베이스에 두껍고 단단하다. 한편 김밥용 김이나 여행 도중 특산물 이라 사 온 김은 대개 조미가 되지 않은 맨 김이다. 이건 구워야 하 고 조금만 지나도 눅진해져 냉동고에 넣어 두는데, 그렇다 보면 냉

창고 속에서 장기간 갇혀 있기 십상이다. 그래서 냉동고를 정리하다 보면 김 뭉치가 뚝 튀어나올 때가 있다. 어떡할까? 이때 대안이 우리나라식 김무침과 일본식 김조림이다.

김무침을 하려면 우선 바싹하게 구운 후 비닐봉지에 넣어 잘게 바스러뜨려야 한다. 이때 조금만 실수하면 김 가루가 주방에 흩날리게 된다. 여기에 각종 양념에 잔파, 파, 깨 등등이 곁들여지면 독특한 맛을 자아낸다. 진주에서는 이를 속데기라 하는데, 원래 속데기란 겨울 초입에 나오는 얇고 단맛이 나는 김으로 일명 곱창김이라 한다. 김밥에 쓰는 단단한 돌김과는 다른 것이다. 물론 김무침에는 어느 것을 써도 무방하다. 레시피는 인터넷에서 쉽게 찾을 수 있다.

이번에는 김조림(일본식 이름은 노리츠쿠다니海苔佃煮)에 관해 이야기해 보려고 한다. 돌아오는 일요일에 대학 초년시절 하숙집 멤버 네 명이 모이는데, 40년도 더 지났지만 마치 그 시절로 돌아가는 것 같은 착각에 벌써부터 설렌다. 당시는 한 방에 둘씩 지내는 경우가 대부분이라, 룸메이트는 형제보다 더 친했다. 이후에도 계속 관계를 유지하는 경우가 많은데, 우린 따로따로는 모였지만 네 명이 한꺼번에 만나는 것은 하숙집을 나온 이후 처음이다. 이제 모두 60대 중반. 한 명은 내년 퇴임을 앞둔 지방대 교수, 또 하나는 현역 연극배우, 나머지 하나는 일찌감치 개업의로 돈 벌어 놓고 이제

시를 쓰면서 유유자적하고 있는 전직 의사. 가락시장 가락몰에서 만나기로 했는데, 킹크랩. 방어회, 육사시미가 주메뉴다. 나는 그 친구들에게 선물하려고 어제 김조림을 만들어 작은 병에 넣어 두었다.

김조림은 간단하다. 김에 다시(물을 넣어도 별 차이가 없다), 미림, 간장을 넣고 졸이면 그걸로 끝이다. 조금 자세히 소개하면 전자레인지에 넣을 수 있는 볼에 김 10장을 적당히 찢어 넣고, 다시 혹은 물 120cc, 미림 120cc, 진간장 60cc를 넣고는 4~5분 전자레인지에 돌리면 된다. 이때 볼에 뚜껑을 닫지 않아야 물이 증발되면서 끈적끈적한 김조림 특유의 식감이 만들어진다. 맛을 기본적으로 좌우하는 것은 간장 맛인데, 가급적이면 집에 있는 것 중에서 가장 신선하고 가장 좋은 걸 쓰면 된다. 또 양념으로 굴소스나 설탕 등을 넣을 수 있으나 그건 어디까지나 조리하는 사람의 기호다.

이후 식혀서 깨끗한 병에 넣어 냉장고에 보관하면 오랫동안 먹을 수 있다. 그냥 먹어도 되지만 다진 파나 깨를 넣어도 좋다. 또한 버섯이나 각종 채소에 버무려 또 다른 음식을 만들어도 손색이 없다. 입맛 없을 땐 맨밥에 이것만으로도 충분하다. 고급식품점에 가면 비싸게 팔고 있는 일본제품이 있으나, 만들기가 너무 쉬우니 한번 해 먹어 보는 것을 권한다. 냉장고 정리도 할 겸. (2020년 11월 20일)

코로나 시대의 점심 장사

코로나 전성기에 가게를 운영했다. 정부의 영업시간 제약 때문에 계속 바뀌기는 했지만, 나의 하루 일정은 대략 다음과 같다. 크게 오전 출근과 오후 출근으로 나뉘는데 그 사이 점심을 먹고 집에 가서 한숨 자고 나왔다. 집이 가깝다 보니 이런 식의 시간 운영이 가능했지만 보통 밤 10시 반, 어떤 때는 11~12시까지 버텨야 하니 체력 안배 차원에서 그럴 수밖에 없었다. 아침 9시경에 가게로 나오면 그날 하루 쓸 다시를 만들기 시작하는 데 보통 한 시간 반가량 걸린다. 그 사이에 식기세척기에 들어 있는 그릇을 꺼내 정리하고, 새벽에 배송된 식자재 정리하고, 곧이어 우리 가게 대표 단품 요리인 돼지고기 된장절임이나 그라블락스, 또는 오뎅에 들어갈 오뎅

무, 간모토기, 스지, 토마토 등을 오전 동안 준비한다. 냉동 참지 해동도 오전 마지막 작업 중 하나다.

오전 작업은 보통 두세 시간 걸리는데, 이후 구매할 것이 있으면 가락시장에 간다. 나는 거기서 점심 먹고 집에 오거나, 아니면 가게에서 대충 해 먹거나, 근처 식당에서 점심을 먹고 곧장 집에 가서 뻗어 버린다. 잠은 자는 게 아니라 거의 기절 상태인데, 보통 한 시간 정도 잤다. 잠시 몸을 추스른 뒤 바로 출근한다. 오후 일이 많으면 3시, 아니면 4시경에 다시 출근해서 가게 청소부터 시작한다. 그리고는 오늘 영업을 위한 각종 준비를 하는데, 오늘 예약 손님의 특성을 알거나 사전 주문이 있다면 특별한 메뉴를 하나 더 만든다. 보통 뭘 만들지 예상해 오전에 가락시장에 가서 생선을 사 오기도 하고, 아니면 냉장고나 냉동고 뒤져 프리스타일로 즉석에 만들어 낸다. 물론 즉석으로 요리한 메뉴는 완성도가 떨어질 수밖에 없지만, 어떤 때는 의외의 음식이 만들어져 나도 손님도 대만족하는 경우가 있다.

영업 시작 한 시간 전에, 오전에 만들어 놓은 다시를 오뎅 냄비에 넣고 간을 맞춘 후, 준비한 각종 오뎅 내용물을 넣고 온도를 70~80℃로 맞추어 데운다. 젓가락 통, 이쑤시개 통, 간장 종지도 살펴보고, 냅킨도 부족하면 보충한다. 영업을 개시하기 30분 전에 나는 미리 저녁을 때우려 근처 만둣집에 가서 찐만두 여섯 알을 사 먹거나 뚜레주르에 가서 샌드위치를 먹는다. 시간이 없을 땐 옆에 있는 편의점에서 아이스콘으로 때우기도 했다. 나름 열심히 한다고 하고 있는데, 주변 상인들 눈에는 그렇게 보이지 않을 때가 많았나 보다. 주변 식당 주인들 모여서 내 이야기를 수군수군하는 듯했다. 한마디로 요약하면 "취미 생활하냐?"였다. 저녁 손님도 별로 없으면서, 왜 남들 하듯이 점심 장사를 하지 않느냐는 것이다.

물론 나 역시 변명거리가 없었던 건 아니다. '난 선술집을 운영하고 있지, 일반 식당을 운영하고 있는 게 아니다', '사람 고용해 점심 장사하기에는 가게 구조가 식사 손님 감당하기에 너무 좁고 불편하다', '비싼 점심을 만들어 낼 실력도 없거니와 그걸 감당할 수요도 없으니, 수익을 낼 가능성이 극히 낮다' 등 아주 많았다. 하지만 만

우토마키

나는 주변 상인은 말할 것도 없고, 저녁에 오는 손님도 점심 장사 왜 하지 않냐며 걱정 아닌 걱정을 해 주었다. 지금이야 그것이 나를 염려해서 한 말인 걸 알지만, 당시에는 '배가 불러 대충대충 하는 것 아니냐'라는 말로 들렸던 것 같다. 결국 가게 근처에 사시면서 식당일 경험이 많으신 아주머니 한 분을 고용해 점심 장사를 시작했다. 우동, 야키우동, 규동, 유부초밥을 정말 염가로 팔았다. 처음 하는 점심 장사라 준비가 부족한 탓도 있었겠지만, 양과 질에서 이곳 젊은이의 기호를 맞추지 못했다. 결국 점심 장사는 4개월 만에 접고 말았다.

후토마키

물론 이 시기 저녁 장사도 계속했다. 점심 장사가 엉망이어도 저녁엔 다르겠지 하면서 가게 문을 열었다. 점심에 유부초밥과 후토마키, 하코즈시도 만들어 펼쳐 놓았으나 반응이 그다지 신통치 않았다. 시장 수요 예측에서도 오판했다. 맛있고 색다르다면 당연히 팔릴 것으로 생각한 것이 나의 오만이었다. 재료가 준비되어 있어 저녁에 팔 후토마키와 유부초밥도 만들어 놓았지만 대개 집에 가져가 먹는 날이 대부분이었다. 재료를 준비하는 일도 힘들었지만, 그

걸 싸 들고 집으로 터덜터덜 향하는 스스로가 안쓰러웠다. 후토마키가 많이 남은 날에는 밤에도 먹고 다음 날 아침에도 먹었다. 그러던 어느 날 점심 장사가 끝날 즈음, 제법 멀리 떨어져 있는 프렌치식당 셰프 겸 대표인 지인이 부인과 함께 가게에 오셨다. 한때 손님이었던 사람이 식당을 한다는 소문에 어떻게 지내는지 궁금했던 모양이다.

팔고 있는 음식 대충 꺼내 보라기에 이것저것 차렸다. 프로 셰프 앞이라 음식에 자신도 없었고, 마치 누군가에서 심사를 보는 것 같아 떨렸다. 이것저것 맛있게 드시더니 하시는 말씀. "음식에는 문제가 없습니다. 기대보다는 훌륭합니다. 하지만 점심은 포기하세요. 여기 좁은 식당에서 이렇게 힘들게 만든 음식을 이런 가격으로 팔면 수익도 수익이거니와 사장님 체력이 얼마 지나지 않아 바닥이 납니다. 식당 경영이란 소문을 먹고 사는 장기 레이스입니다." 사실 처음 내 예상대로 이 장소에서 점심 장사를 한다는 건, 모든 면에서 불가능한 일이었다. 주변의 수군거림에 떠밀려 점심 장사를 시작하고 말았지만, 그 셰프의 평가와 충고는 울고 싶을 때 뺨 때려 주는 격이었다. 뒤도 돌아보지 않고 며칠 후 접었다. 아침 9시부터 점심에 한두 시간 쉬고 밤 11시까지 버텨야 하는, 4개월간의 악전고투였다. (2021년 5월 29일)

그냥 국수

우리 가게 주변에는 큰 회사가 별로 없어 점심에 외식하는 직장인은 많지 않지만, 식당은 꽤 많다. 그런데 대형 식당이나 맥도날드, 버거킹 같은 패스트푸드점은 없고 맛집이라 소문난 식당도 없어 식당들은 대개 고만고만한 편이다. 직장인 대부분이 오늘 저 식당 아니면 안 된다는 각오로 점심을 먹으러 나온 게 아니니, 만석이 된 작은 식당 앞에서 자리가 나길 기다리는 사람은 거의 없다. 실제로 작은 식당 주방에는 일하는 사람도 적어 음식이 빨리빨리 나올 수 없다. 게다가 직장인에게는 식사 후의 휴식이 식사의 질이나 양만큼이나 중요하다. 대개의 식당에서는 12시 조금 전부터 12시 30분까지 받은 손님이 그날 점심 손님의 대다수를 차지하고 만다. 소규모 식당이 어려운 이유 중 하나다.

저녁 장사를 위한 오전 준비가 끝나 시계를 보니 낮 12시 5분이었다. 12시가 넘었다는 시각 정보는 머릿속 잠재되어 있던 식욕을 건드려 놓고는 곧장 허기로 이어졌다. 마치 일본 드라마 〈고독한 미식가〉의 '이시가시라 고로'처럼, 나 역시 허기를 느끼는 순간 아무런 생각도 할 수 없었다. 그저 안절부절할 뿐. 하지만 배는 고픈데, 가게 근처 식당에 갈 수가 없었다. 왜냐하면 우리나라 식당 기본 테

이블이 4인석 이상이라 웬만한 배짱 없이는 4인석에 혼자 앉겠다고 엉덩이를 들이밀 수 없기 때문이다. 게다가 점심 식사시간이 막 시작한 터라 동업자로서 배려까지 해야 하니 더더욱 갈 수 없었다. 물론 주변 몇몇 식당은 사장님이나 주방장을 잘 알기에, 체면 불고하고 4인 테이블에 혼자 앉겠다면 거절당하지는 않겠지만 눈치는 보였을 것 같다.

오늘은 아내가 수영하러 가는 날이라 혼자 점심을 먹어야 했다. 이처럼 어중간한 시간에 허기를 만나면 어쩔 수 없이 1시쯤까지 배고픔을 달래 가며 주변 식당의 손님이 빠지길 기다리거나 아니면 손수 해 먹곤 했다. 오늘은 허기를 참을 수 없어 후자를 택했다. 라면을 제외하고 가장 빠른 식사로 준비한 것이 바로 '그냥 국수'였다.

한쪽 화구에서는 국수를 삶으면서 다른 한쪽에서는 오뎅 다시를 작은 냄비에 덜어 데웠다. 고명으로 어제 자투리로 남은 어묵을 꼬지에 꽂아 오뎅 냄비에 넣어 두었던 것, 단무지 한쪽, 잔파 송송 그리고 고춧가루, 마늘, 통깨 등이 듬뿍 든 우리식 양념장을 얹었다. 만드는 데 10분, 먹는 데 3분 걸렸던 것 같다.

주말에 코로나19 백신을 맞으러 가야 하니 점심을 든든히 먹으라고 했던 아내가 이 소박한 점심을 보면 잔소리할 것이 뻔했다. 그렇다고 저 혼자 먹자고 이것저것 펼칠 수는 없는 노릇이었다. 그리고 나에게도 점심 후 휴식도 필요했다. 옹색하지만 동락 주방장이 만든 거라 '그냥 국수'도 먹을 만했다.

스시에 대해

우리 가게에서 계속해 오다가 포기한 메뉴 중 하나가 후토마키, 이나리즈시, 하코즈시와 같은 스시다. 우린 보통 스시라 하면 초밥에 생선을 얹은 니기리즈시를 떠올리기 쉬우나, 위 세 가지도 어엿한 스시임에 틀림없다. 게다가 만드는 과정도 니기리즈시에 비해 결코 손쉬운 게 아니다.

작은 선술집에서 이 같은 스시를 준비한 데는 몇 가지 이유가 있다.

하코즈시와 이나리즈시

초저녁 일찍 찾은 손님이나 끼니를 거른 채 밤늦게 찾은 손님을 위해 밥이 꼭 있어야 한다는 생각이었고, 다른 가게에서 찾을 수 없는 메뉴가 있어야 한다는 생각, 뭔가 솜씨를 뽐내야겠다는 생각이 있었다.

한때는 바라즈시까지 만들며 호기도 부렸지만, 결국 접고 말았다. 예상과는 달리 수요가 적었고, 팔고 남은 것을 집에 가져와 먹는 데도 한계가 있었다. 이제 언제 다시 만들지 기약은 없으나 다음에 또 기회가 된다면 여러 가지 시도를 해 보고 싶다. (2020년 10월 4일)

 *후토마키 ふとまき [太巻き]: 김초밥

 *이나리즈시 いなりずし [稲荷寿司]: 유부초밥

 *하코즈시 はこずし [箱寿司]: 상자초밥

*니기리즈시 にぎりずし [握り寿司]: 쥠초밥
*바라즈시 ばら-ずし [散寿司]: 일본식 회덮밥

마스크와 배달 음식

〈동락〉 같은 작은 가게도 코로나 시기를 피할 수 없었다. 정부의 방침에 따라 영업시간이 줄어 손님이 많지 않았던 때였지만, 가게에 지급된 각종 보조금 덕분에 그런대로 버틸 수 있어 다행이었다. 어떤 때는 한두 달 임대료를 충당할 수 있어 안심이었다. 하지만 임대료가 높고 고용하고 있던 직원이 많았던 식당에서는 정말 코끼리 비스킷 수준이었을 것 같다. 왜냐하면 가게의 규모에 상관없이 어느 기준을 넘는 모든 식당에 일률적으로 지급했기 때문이다. 갑자기 어릴 적 들은 아버지의 말씀이 생각난다. 식량 배급을 시행하면 어른은 배고파 죽고 아이는 배 터져 죽는다고. 아버지의 세대는 일제강점기, 한국전쟁 모두 겪으신 세대라 식량 배급과 공출에 아주 익숙하셨다. 나는 코로나 하면 '마스크'가 가장 먼저 떠오른다. 마스크를 쓰는 일이 늘 번거롭고 답답해서 그런 듯하다. 마스크 쓰지 않고 영업하다가, 단속 나온 공무원에게 몇 번 지적을 받은 적도 있었다. 나는 지금도 큰 건물에 들어서거나 지하철을 탈라치면, 습관적으로 호주머니에 손을 넣고 마스크를 찾곤 한다.

코로나가 심해지면서, 한때 영업시간을 밤 9시로 제한한 적도 있었다. 가게 문을 6시에 열고 9시에 문을 닫아야 하니, 겨우 세 시간만 영업이 가능했다. 사람들은 속도 모르면서 말했다, 가게 문 좀 더 일찍 열어 보라고. 그런 황당한 시절에 대낮부터 술 먹고 얼굴 붉히고 다닐 배짱 있는 분이 얼마나 될 것이며, 술손님도 직장을 다녀야 하니 6시 퇴근 후는 되어야 술집에 올 수 있었다. 게다가 9시에 가게 문을 닫아야 하니 한 시간을 머물러 해도 적어도 8시에는 술집에 들어가야 한다. 덕분에 우리 가게도 손님 하나 받지 못하고 허탕치는 날이 더러 있었다. 그러다 코로나가 갑자기 폭발했다는 보도가 나오면 그걸 핑계 삼아 가게 문 닫고 며칠 동안 손자 녀석과 논 적도 있었다. 아마 그즈음 초등학교도 휴교를 했을 것이다.

또 코로나 하면 마스크와 함께 '배달 음식'이 생각난다. 물론 코로나 이전에도 배달 음식은 우리 식생활에서 큰 비중을 차지하고 있었지만, 코로나로 전성기를 맞은 듯하다. 사실 너도나도 배달 음식에 몰두하다 보니, 심지어 초일류 호텔 주방에서도 배달 음식을 만들어 판다는 소식을 들었다. 내게도 해 보라고 권했던 사람이 여럿 있었지만 나는 전혀 관심을 두지 않았다. 실력도 능력도 안 될뿐더러, 나에게 음식은 사람을 만나 대화하는 수단이지 그 자체가 목적은 아니었기 때문이다. 만약 그렇게라도 해야만 한다면, 나는 가게를 열고 유지해야 할 이유가 없었다. 게다가 언제 어디서 누가 어떤 재료로 어떻게 만든 음식인지도 모르는 그 대열에, 나만이라도 가담하지 않고 싶었다. 그리고 보니 주변에서 권하던 것이 하나 더 있었다. 바로 '오마카세'다.

오마카세

요즘 식당가에서는 오마카세お任せ가 대세라 한다. 스시를 위주로 하는 일식뿐만 아니라 한식, 중식, 양식 심지어 디저트까지 오마카세 열풍이다. 간혹 나에게 오마카세를 해 보라 권하는 손님이 있는데, 완전 예약제로 하면 매상도 늘고 음식 준비도 쉬워지고 잔반도 줄어들 거라는 어드바이스까지 들었다. 하지만 나는 그럴 생각이 전혀 없다. 나는 고상한 맛집이 아니라 동네 단골집을 추구하기 때문이다.

우리나라는 오마카세를 '오늘의 요리' 혹은 '주방장 특선 요리'와 구분하지 않고 쓴다. 오마카세란 '맡기다'라는 뜻의 일본어 '마카스루'의 명사형 '마카세'에 겸냥접두어 '오'를 붙인 것이다. 따라서 오마카세란 그날 제공되는 메뉴를 주방장에게 완전 위임한다는 뜻이다. 실제로 주방장에게 오마카세를 제안하면 주방장은 고객의 기호와 식사량 그리고 주머니 사정 등등을 고려해 자신이 갖고 있는 최고의 음식을 하나씩 제공한다.

손님은 같은 류를 계속 요구할 수도 있고 다른 류의 요리를 요구할 수 있으며 같은 걸 한 번 더 요구할 수 있다. 요리 제공은 고객의 요구에 따라 중단되거나 마감될 수 있으니, 주방장이 오마카세의 주도권을 온전히 쥐고 있는 것은 아니다. 그러니 고객마다 먹는 음식이 다르고 또한 최종 음식값도 다를 수밖에 없다.

이런 의미에서 우리나라에서 유행하고 있는 지금의 오마카세는 진정한 의미의 오마카세라기보다는 '주방장 특선 오늘의 요리'일 따름이다. 메뉴도 고정되어 있고 가격도 점심 얼마, 저녁 얼마라고 정해져 있어 실제로 카운터석에 앉는 고객에게는 별다른 선택권이 없다. 그저 정해진 차례에 따라 정해진 음식이 제공될 뿐이다. 맛이 있든 없든, 기호에 맞든 아니든, 배가 부르든 아직 부족하든……

어제는 우리 가게 단골손님이자 고교 선배 다섯 분이 오셨다. 물론 술만 그들이 선택할 뿐 나머지는 나에게 모두 맡겼다. 나는 우리 가게 메뉴를 바탕으로 코스 요리를 만들어 제공했다. 몇 가지 요구 사항이 있었으나 무시했고, 순간순간 기지를 발휘해 냉장고와 냉동고를 털어 가면서 세 시간 동안 손님의 주문을 틈틈이 받았다.

20만 원 이상 하는 오마카세 먹었다면서 각종 SNS에 올리는 젊은
이 흔히 볼 수 있다. 하지만 그건 극히 일부의 '허세 소비'이며, 먹는
것에 힘들어하는 젊은이들이 더 많은 게 현실이라 생각한다. 요즘
점심 한 그릇, 만 원 이상 하는 곳 허다하다. 오히려 만 원 이하의
점심 찾기가 힘든 형편이다. 공무원인 작은애 하는 말로, 급양비가
8,000원 나오는데 자장면 이외에 그 돈으로 먹을 만한 음식이 거의
없다고 툴툴거리는 소릴 들은 적이 있다. 나는 속으로만 '그래도 넌
정규직이니 그나마 다행이라 생각하고, 국민의 공복으로 헌신해야
한다'라고 충고했다. 밖으로 대놓고 말하면 꼰대라며 부자지간에
금이 갈 테니.

내가 젊었을 적엔 먹는 것이 신통찮아 갈비씨가 대부분이었는데,
요즘은 대부분 비만이다. 저런 체중을 유지하기 위해 먹어야 하는
양과 그 비용을 생각해 보면, 어느 정도 소득을 올려야 가능할지 솔
직히 답이 안 나온다. 재료비와 인건비는 높아만 가는데, 같은 값으
로 맛도 양도 유지하려면 대안이 뭘까. 나는 요즘 맵고 짠 '마라'가
급속도로 유행하거나, 다양한 방식으로 '곱창'이 소비되는 것, 그리
고 많은 청년이 이런저런 이유로 세 끼 모두 매식하는 환경을 보면
서, 솔직히 우리 젊은이들의 미래 건강이 염려된다.

게다가 최근 매스컴에서 무료 급식소를 찾는 젊은이들이 늘어난다

는 이야기도 들었다. 젊은이들의 만혼도 걱정이지만, '먹는 게 바로 그 자신You are what you eat인데'라는 생각으로 젊은이 그리고 노인들의 먹거리에 국가가 많은 관심을 보일 필요가 있다고 생각한다. 그래서 우유, 식빵, 달걀만이라도 유통구조를 개선하고 세금을 완전히 없애, 온 국민이 이것만이라도 저렴하게 먹을 수 있도록 해주었으면 하는 게 내 바람이다. 어쩌다 정책 제안자가 된 기분이지만, 지금 우리 재정으론 이 정도는 충분히 가능하지 않나 생각하기 때문이다. 무작정 현금 살포 말고. (2021년 9월 11일)

꼬투리강낭콩 볶음

대부분 사람이 냉동 야채나 수입 야채에 대해 거부감을 갖고 있을 텐데, 정서적으로는 나 역시 마찬가지다. 하지만 식당에 야채를 공급해 주는 거래처에 주문하면, 대부분의 야채가 수입산이다. 크기가 큰 데다 국산 야채와도 맛에서 전혀 차이가 없어, 나는 값이 저렴한 수입 야채를 모른 체하고 쓴다. 어떤 야채는 마트 가격의 반의반 값인 경우도 있다. 하지만 수입 야채 중에서 국산 야채보다 비싼 것도 있는데, 대표적인 것이 바로 생강이다. 국산 생강은 작고 마디가 많아 갈아서 김치 담글 땐 별문제가 없으나 저미거나 가늘게 채

를 썰 땐 불편하다. 하지만 수입 생강은 굵고 마디도 거의 없어 요리할 땐 유용하다. 중국이나 미국과 같은 넓은 대륙에서 각 야채마다 최적의 지역에서 재배된다면 크고 맛도 좋은 야채가 생산될 것이고, 위생적으로 영양학적으로 문제가 없다면 수입해 먹어도 무방하다고 생각한다. 당연히 값도 저렴할 것이다.

언젠가부터 신토불이, 신토불이 하는데, 나는 그 정도까지는 아니다. 무엇이든 우리 것이 최고라고 하지만, 내 생각은 다르다. 중국 신장위구르 하미에서 먹었던 멜론과 수박, 스페인 발렌시아에서 먹었던 오렌지, 일본 아소화산 고원 목장에서 먹었던 우유 등 나의 좁은 외국 경험에서도 우리의 것보다는 훨씬 좋은 것이 많았다.

직장생활을 했을 때 이야기다. 구내식당에서 식판을 들고 반찬을 뜨고 있는데 같이 줄 선 한 명이 주방 아주머니께 이 김치 국산이냐고 묻는 것을 보았다. 회사 직영도 아닌 외주 구내식당의 4천 원짜리 백반에 어떻게 재료가, 특히 김치가 국산이길 바라는지 나는 아연실색할 지경이었다. 속으로 그랬다. 만약 당신 가족이 완전히 국산만으로 꾸려진 식탁을 원한다면, 현재 당신의 수입으로는 불가능하다고.

코로나 사태를 맞아 배달 음식에 대한 수요가 급증하고 있다. 우리는 누가 어디서 무얼 가지고 어떻게 만드는지 모르는 음식을 배달해 먹고 있다. 우리는 이에 대해 그다지 관심을 갖고 있진 않다. 심지어 한식, 중식, 양식까지 한 주방에서 만들어져 우리에게 배달되고 있을 때가 있다. 그 배달 음식에 수입 야채나 냉동 야채가 쓰이지 않는다면 오히려 이상한 일일 것이다. 수입 야채뿐만 아니라 수입 생선, 수입 향신료, 심지어 수입 김치까지 우리 식탁에서 수입 식자재가 차지하는 비중은 우리의 상상을 벗어난다. 이러한 상황에서 우리의 것이 무조건 최고라는 생각을 고수하는 건 어려운 일이 아닌가 싶다. 특히 먹거리만이라도. 한우, 한우 하다가 소고기 실컷 먹어 보지도 못하고 노년에 영양실조 걸려서야 되겠나.

어려움을 겪는 요식업이 많은 요즘. 우리 가게는 비용 절감을 위해 야채 사용을 줄이고 메뉴를 단순화하였다. 오뎅 메뉴에서 토마토를 없애고, 안주에서 숙주볶음도 빼 버렸다. 그러다 보니 나 자신의

야채 섭취가 줄어들어 얼마 전 코스트코에 가서 냉동 꼬투리강낭콩 한 봉지를 사 왔다. 냉동야채는 몇 가지 장점이 있다. 우선 음식 쓰레기가 발생하지 않고, 이미 데쳐져 있어 조리 시간이 짧은 데다 가격이 아주 싸다는 점이다. 일본 명으로 '인겐마메'라 하는 꼬투리강낭콩은 서양요리에서는 주로 가니시에 쓰이는데, 일본에서는 볶아서 밥반찬이나 안주로 먹는다. 올리브유에 간 마늘과 채 썬 파를 넣고 볶은 후, 해동된 꼬투리강낭콩을 넣고 센 불에 다시 볶으면 된다. 이후 양송이 얇게 썬 것과 베이컨(혹은 햄)을 넣고 재차 볶는다. 마지막으로 마요네즈를 적당히 넣어 섞은 후 꺼내면 또 다른 풍미를 얻을 수 있다. 채소 먹는 데 너무 많은 시간이나 정성을 쏟는 건 개인적으로 낭비라 생각한다. 간단한 양념으로 많이만 먹을 수 있다면 그걸로 족하지 않을까 싶다. (2020년 12월 10일)

*인겐마메 いんげんまめ [隱元豆]: 강낭콩

개업하고 얼마 지나지 않아 코로나 시국으로 힘들었지만, 꾸준하게 찾아 주는 손님들이 있었고 마침내 파워블로거와 맛칼럼니스트의 소개로 유명 맛집으로 등극하였다. 매일 예약이 넘쳐났지만, 혼자서 감당하기에(물론 그의 아내가 도와주었지만) 몸이 따라가지 못해 그만두었을 때, 아쉬움도 컸지만 이 역시 손 교수다운 결정이라 생각했다.

사실 30년 이상 본업이었던 교수로서 손 교수는 본인의 전공인 지리학 관련하여 20여 권의 역·저서를 출간하였고, 관심사였던 메이지유신에 관해서 상당한 두께의 책 3권을 출간하였다. 그 결과 일본사학회가 강연을 요청하는 괄목할 만한 성과를 내었다. 저작의 양만으로도 엄청날 뿐만 아니라 전공이 아닌 분야의 전문가집단으로부터 인정받기까지 하였으니 참으로 대단하기만 하다. 그동안의 저서들이 전문적인 지식과 무거운 주제를 다루었다면 이번의 책은 누구나 쉽고 재밌게 읽을 수 있을 것으로 생각된다. 식재료를 준비하고 요리를 하는 동안에도 음식과 관련한 글을 꾸준히 써 왔고 그 글을 묶어 이 책을 만드니 역시 글쟁이답다고 말할 수밖에 없다.

끝으로 손 교수가 요즘 몸이 아프다고 하는데, 평생 끊임없이 목표를 정해 활발하게 살아오다가 최근의 잠시 멈춘 일상이 원인이 아닌가 생각되기도 한다. 조만간 또 다른 도전을 통해 건강하게 활동하는 손 교수의 모습을 기대해 본다.

경상대학교 명예교수 최진범

4장

우리 집 돼지고기 된장절임
맛은 어때요

성공한 것도 있고
실패한 것도 있지만

가게가 있는 골목은 점점 더 어두워졌고, 그에 비례하여 거리를 지나는 사람도 줄어들었다. 코로나가 절정으로 치닫던 2020년 겨울부터 2021년 봄까지는 내게도 고통스러운 시간이었다. 서너 시간밖에 안 되는 영업시간 동안 문에 달아 놓은 풍경 소리를 하염없이 기다리면서, 지나가는 사람 하나 없는 거리를 창가 너머로 바라보는 날이 계속되었다. 그러다 지치면 주방에 들어와 칼도 갈아 보고, 주방 집기도 정리하면서 시간을 보냈다. 언제쯤 이 질곡에서 벗어날 수 있을지 아무도 대답할 수 없는 시절이었다. 주방에 달아 놓은 TV도 보고 싶지 않았고, 매일 가게로 들어오던 신문마저 눈길이 가지 않았다. 처음 접힌 그대로 나음날 쓰레기통에 버렸다. 그렇다고 죽상이 되어 그 긴 시간을 보낸 건 아니다. 일주일에 두 번씩 손자와 며느리가 가게에 들렀다.

나는 그 녀석을 '제3의 인류'라 부른다. 녀석에게 내 관심을 과하게 드러낼 수 없고 그렇다고 마음속 끝없는 애정을 숨기래야 숨길 수 없는 정말 묘한 존재다. 게다가 그의 성장은 나의 소멸과 트레이드 오프trade-off 관계라 더더욱 남다르고 애틋한 대상이다. 며느리도 마찬가지다. 가깝다면 가깝지만, 멀어지려면 한없이 멀어질 수 있는 존재였다. 나는 그들이 가게에 들르는 화요일, 목요일이 되면 무언가 새로운 요리를 만들어 그들에게 제공한다. 만약 요리가 조금 남는다면, 어렵게 찾아오신 손님들에게 권해 보기도 한다. 돌이켜 보면 당시 별의별 요리를 다 했던 것 같다. 일반인보다는 비교적 싼 값에 재료를 구할 수 있고, 거기다가 집 부엌보다는 넓은 주방이 있으며, 조리기구도 필요한 건 다 갖추어져 있었으니 말이다. 비프스튜, 소꼬리조림, 함박스테이크, 붕장어 굳힘, 스지 편육, 타진 요리, 아나고 돈부리, 안심스테이크, 토마호크 스테이크 등등 닥치는 대로 시도해 보았다. 그중 성공한 것도 있고 실패한 것도 있지만, 손자 녀석 그리고 며느리에게 줄 요리라 생각하며 정성을 다했다.

붕장어 굳힘

일본 요리 중에는 니코고리煮凝り라는 장르가 있는데, 졸여서 굳히는 요리를 말한다. 대상 재료는 생선이나 육류는 물론 모든 게 가능하며, 단단히 굳히기 위해 젤라틴을 이용한다. 여기서는 아나고를 재료로 했으니, 일본식 이름은 '아나고 니코고리' 정도 될 것 같다. 특별 메뉴로 몇 번 제공해 봤지만 고객들의 반응이 별로라 실험으로 끝나고 말았다. 언젠가 우리 가게 메뉴로 당당하게 등록되길 바라본다. (2020년 10월 1일)

토마호크 스테이크

인디언의 손도끼에서 유래한 '토마호크'는 순항 미사일의 한 종류로 유명한데, 요즘은 각종 TV 요리 프로그램에 소개되면서 토마호크 스테이크로 더 알려져 있다. 소 갈비뼈를 따라 뼈와 고기를 길게 도려낸 것으로, 갈비뼈가 망치 손잡이와 비슷해 '망치 스테이크'라고도 한다. 소 한 마리에 몇 대 나오지 않는 인기 부위로, 꽃등심과 새우살, 늑간살 등 다양한 부위를 한꺼번에 맛볼 수 있다. 기본적으로 등심인 데다가 부위와 부위 사이에 지방층도 있어 육향이 진하다는 장점과 함께, 숙성하지 않을 경우 약간 질기다는 약점도 있다. 여하튼 토마호크가 요즘 대세인 것은 틀림없다.

나는 가능하면 한우를 먹지 않는다. 아니, 너무 비싸 소고기에 대한

나의 욕망을 채울 수 없다는 게 정확한 표현이다. 수입육은 코스트코나 이마트 트레이더스 같은 대형 매장에서 구입하지만, 수입육 전문매장인 '앵거스박'이 집에서 멀지 않아 종종 들른다.

어제는 자주 가는 중국집에 들러 탕수육과 볶음밥을 먹고는 습관적으로 맞은편 앵거스박에 들렀다. 할인하고 있는 토마호크 스테이크를 발견하고는 무작정 두 개를 샀다. 아직 먹어 보지 않아 도대체 어떤 맛이기에 사람들이 토마호크, 토마호코 하는지 알고 싶었다. 하나에 35,000원가량 했는데, 만약 한우라면 두 배는 족히 넘을 거다.

오랜만에 큰아들 가족을 불러 가게에서 함께 점심을 먹었다. 물론 요리는 내 몫이었다. 오븐이나 생선 전용구이기(일명 야키바)를 이용해 구울까도 생각했지만, 프라이팬에서 굽는 전통적인 방법을 택했다. 소금, 후추, 로즈마리, 올리브유 등으로 시즈닝 한 후, 달군 팬에서 마치 튀기듯 굽다가 버터를 넣어 끼얹어 가며 풍미를 더했다. 그다음 약불로 줄이고 뚜껑을 덮어 속까지 익히는데, 익히는 시간에 따라 고기의 상태가 레어-미디엄-웰던으로 달라진다. 이후 잠시 레스팅 하고는 적당히 썰어 플레이팅 하면 그것으로 끝이다. 나는 주로 머스터드에 찍어 먹지만, 에이원도 나쁘지 않다. 토마호크, 꽤 괜찮네. (2020년 11월 8일)

생선구이

생선은 선도에 따라 회, 구이, 조림 순으로 해 먹으면 실용적이다. 물론 싱싱한 건 어떻게 해 먹어도 좋지만, 그 반대는 불가능하다. 고객 중에 짭조름한 졸임을 싫어하는 이가 있을 땐 소금구이를 해 준다. 고객 입장에서는 소금 뿌려 굽기만 하는 구이가 훨씬 쉬울 거라 생각하지만, 셰프 입장에서는 구이가 더 신경 쓰인다. 자칫하면 태워 버리거나 타이밍이 이르면 설익을 수 있기 때문이다. 게다가 막상 주문은 했지만 고객 중에는 생선을 어떻게 발라 먹어야 할지 모르는 이도 있으니, 생선구이는 숙제일 수밖에 없다.

재료의 원래 모습을 유지하면서 조리하려면 기술도 중요하지만 정성을 쏟는 게 우선이다. 생선구이가 전형적이 예다. 더군다나 직화

로 생선을 굽는 일은 더더욱 쉽지 않다. 대개 가정에서는 불이 아래에 있는 하화식 그릴을 쓰기 때문에, 웬만히 그릴을 뜨겁게 해 두지 않으면 눌어붙어 생선 원형을 유지할 수 없다. 어릴 적 어머니가 연탄불에서 석쇠로 구워 주던 생선구이 역시 어머니의 노련한 노하우가 담겨 있었던 것이다. 요즘 집에서 하는 생선구이는 대개 프라이팬에 기름으로 지지는 것이 대부분이고, 그마저도 연기가 난다며 포기하는 경우가 다반사다. 하지만 식당에서 사용하는 생선구이기(야키바)는 열원이 위에 있는 상화식이라 그럴 염려가 없다. 다만 다른 일과 동시에 굽기가 진행된다면 태우지 않으려 항상 긴장해야 한다.

생선구이를 전문으로 하는 고급 식당에서는 비장탄을 사용해 하화식으로 굽기도 하지만, 대부분은 야키바를 사용한다. 야키바라면 그것이 볼락이든, 고등어든, 삼치든, 심지어 시샤모든 상관없다. 잘 구워져서 맛있다. 가시가 억센 볼락은 회로도 먹을 수 있겠지만 소금구이가 최적이다. 특별한 조미료 없이 소금만 뿌려 구워 내면 되기 때문이다. 등 푸른 생선의 비릿함과는 거리가 먼 볼락의 찰진 살은 대체로 모든 이들에게 환영을 받는다.

야키바 하단에는 물을 담아 두는 수조가 있다. 열기로 수분이 증발하면서 건조해지는 것을 막아 주고 구울 때 생선에서 떨어지는 물기를 받쳐 주기도 한다. 하지만 매일 청소를 해야 하는 부담이 있다. 그 대안이 알루미늄 호일이다. 알루미늄 호일을 심하게 구겨서 그 위에 생선을 올려 두면, 구울 때 나오는 물기가 그 틈새에 갇혀 생선을 바싹하게 구울 수 있다. 이때 스프레이로 청주를 뿌려 주면 건조해지는 것도, 비린내도 막을 수 있다. 셰프가 비장탄 위에서 굽든, 야키바에서 굽든 식당에서 생선구이를 한다면 무조건 주문해 보는 것을 추천한다. 정말 맛있다. (2020년 11월 19일)

*시샤모ししゃも [柳葉魚]: 일본 홋카이도의 태평양 연안 일부에서만 잡히는 일본 특산 어종

햄버그스테이크

1991년 1월 창간된 일본의 대표적인 요리잡지 《월간 단추Danchu》에서 지난 2017년에 네 권의 단행본(일본 제일의 레시피: 육류, 생선, 계란, 채소)을 발간했다. 그중 두 편을 얼마 전 구입했는데 재미있고 참고할 게 많았다. 《일본 제일의 육류 레시피》에서는 60개 레시피를 여덟 장으로 나누어 소개하고 있는데, 제3장은 '햄버그 5걸'이다. 외국 음식인 햄버그에 지나치게 많은 분량을 할애한 게 아닌가 생각한다면 그건 오산이다. 여기서 말하는 '햄버그'란 맥도날드

와 같은 패스트푸드점의 햄버거가 아니라 '햄버그스테이크'를 말하기 때문이다. 넓은 접시에 그래비소스가 얹힌 고기 패티, 그리고 야채 가니쉬와 밥이 함께 담겨 있는 일본식 햄버그스테이크, 즉 일본인들의 '함박스테이크'를 가리키는 것이다. 카레라이스가 그렇듯 함박스테이크 역시 100년 이상 일본에서 개발되고 발전되어 온 그들만의 요리다.

일본인의 함박스테이크 사랑은 남다르다. 나라 곳곳에 함박스테이크 전문점이 있는데, 프랜차이즈도 있고 개인이 운영하는 것도 있다. 작년 9월 나는 마지막으로 일본에 갔었다. 종종 단체 관광을 할 때마다 신세를 진 후쿠오카 현지가이드 '곽상'의 안내로 교외에서 맛있다는 함박스테이크 가게에 간 적이 있다. 현지인들마저 줄을 서서 기다릴 정도로 무척 맛있었다. 개방된 주방에서 요리사들이

기계처럼 움직이면서 패티를 양손으로 번갈아 치대는 모습은 전율이 느껴질 정도였다. 외국에서 무언가를 들여오면 자신만의 궁극의 맛을 찾아 나가는, 그들만의 저력을 다시 한번 실감한 순간이었다.

햄버그스테이크에 대한 또 다른 기억이 있다. 어릴 적 부산에 살 때, 고급 양식당에 간 적이 있다. 1960년대 말 1970년대 초쯤 된다. 당시 부산을 지금 부산의 위상쯤으로 생각해서는 곤란하다. 당시 150만 인구(전체인구의 5%)가 GDP의 15%를 생산했다면, 요즘은 350만 인구(전체인구의 7%)가 GDP의 3~4%를 생산하고 있다고 한다. 동명목재, 성창목재, 국제고무, 태화고무, 금성사, 조선방직, 조선공사, 동국제강 등등 굴지의 공장들이 부산에 집결해 있었다. 게다가 일본 문화가 직수입되는 곳이라 왜풍과 함께 최고의 경기를 구가했다. 지금 서울 어느 일류 식당에서 그러는지 모르지만, 당시 부산의 한 고급 양식당에 가면 입구에 남자용 재킷이 여러 벌 걸려 있었다. 혹시 재킷을 입지 않고 오셨다면 걸려 있는 재킷 중에서 마음에 드는 것 걸치고 입장하라는 것이었는데, 요즘 말로 하자면 '드레스 코드'를 지키라는 뜻이었다.

자리에 앉으면 말쑥하게 차려입은 웨이터가 가까이 와서 주문을 받았다. 나도 어른들처럼 스테이크를 먹겠다고 말하니 어머니께서

년 어리니 햄버그스테이크를 먹으라고 강권했다. 가격 문제도 있었겠지만, 아직 스테이크를 감당할 소화력이 없을 것이라 판단한 어머니의 배려였다고 생각한다. 요즘은 양식당에 가면 햄버그스테이크를 팔지 않거나 메뉴에 있더라도 싸구려 음식처럼 느껴 주문하기 꺼리는 분위기인 것 같다. 그럴 필요가 있을까 싶다. 지나치게 숙성된 스테이크를 비싸게 먹느니, 소화 잘되고 저렴한 햄버그스테이크가 노년의 소화력에 최적이라 생각한다. 노년에 시간도 많으니 한번 만들어 먹길 권한다. 이후 있을 츠쿠네 만드는 방법을 원용하면 햄버그 패티는 쉽게 만들 수 있다. 소스 같은 건 억지로 힘들여 만들지 말고 마트에 가길 바란다. 아주 잘 만든 소스가 얼마든지 있다. (2020년 12월 12일)

비프스튜

영하 10℃ 이하의 혹한과 함께 역병 코로나가 우리 모두를 얼어붙게 만들고 있다. 이 특별한 겨울 음험한 한기를 온몸으로 이겨 내고 있는 스스로에게, 그리고 드문드문 찾는 고객에게 힘과 용기를 줄 수 있는 요리를 생각하다가 얼마 전 구입한 요리책에서 그 대안을 찾았다. 바로 '비프스튜beef stew'였다. 스튜란 육고기와 야채를 푹 끓인 서양식 음식으로, 우리식으로 말하면 육개장쯤 될 것 같다. 이가 쑥 들어가는 큼직한 고기와 야채, 엄청난 풍미의 걸쭉한 소스는 스튜의 매력이자 존재 이유이며, 바로 이 점이 스튜가 서양인의 소울푸드인 까닭이다. 다짐육 요리처럼, 스튜는 질긴 소고기를 쉽게

먹을 수 있는 또 다른 조립법이기도 하다.

어제 아내와 가락시장에 장 보러 갔다가 지하철역과 이어진 공간 B1에 있는 〈팔도설렁탕〉에 들어갔다. 특별히 맛나지는 않지만 우리나라에서 식재료가 가장 풍부한 곳에서 파는 설렁탕이라 가성비가 괜찮아 간혹 찾는 곳이다. 설렁탕 7,000원, 특설렁탕 10,000원, 해장국 8,000원. 나는 설렁탕을, 아내는 육개장을 주문했다. 얼큰하고 풍성한 맛을 즐기는 아내는 육개장을 특히 좋아하는데, 그래서 이번에 비프스튜 대신 육개장을 끓일 수도 있었다. 하지만 잘 끓일 자신은 없고, 끓여 놓아도 나만의 포인트가 있을 리 만무하다. 게다가 나의 주방에는 우리식 육개장을 끓이는 데 필요한 적절한 솥도, 식자재도, 육개장을 담을 만한 그릇도 없다.

비프스튜에 들어가는 고기로 척아이로스트chuck eye roast(알목심)를 선택했는데, 수입육의 경우 100g에 2,000원가량 하는 저렴한 부위다. 기름기도 많고 질기지만 육향이 풍부해 스튜에는 나름 제격이다. 우선 고기를 두툼하게 길게 자르고, 삶은 후 흐트러지는 것을 막기 위해 실로 묶는다. 큰 냄비를 연기가 날 정도로 뜨겁게 달군 후 식용유를 1~2스푼을 넣고 고기를 바짝 굽는다. 고기를 끄집어내고 여기에 셀러리, 당근, 양파, 마늘, 토마토퓌레 등을 넣어 볶아 미르푸아mirepoix를 만든다. 다시 구운 고기를 얹고는 포도주,

데미그라스 소스, 시판 사골육수(퐁드보font de veau 대신), 물, 파슬리, 월계수잎, 셀러리 잎, 타임 등을 넣고 두 시간 정도 삶는다. 물론 풍미를 더하기 위해 약간의 핫쵸미소를 넣는다.

냄비에서 고기를 꺼낸 후 육수는 채로 걸러 낸다. 작은 내열 냄비에 고기와 육수를 담고 당근, 양송이, 꼬투리강낭콩을 넣어 충분히 끓인 후 밥이나 빵과 함께 제공한다. 사용된 쇠고기 1.8kg로는 10인분 정도의 스튜가 나올 것 같다. 소고기 값 35,000원에 포도주 1병 10,000원, 각종 야채와 소스를 더하면 대략 6~7만 원의 재료비가 든다. 원가가 1인분에 6~7천 원가량 된다면, 1인분에 얼마를 받아야 할지 고민된다. 하지만 기왕 만든 것 많은 고객이 즐길 수 있도록, 너무 비싸다는 생각이 들지 않을 정도에서 가격을 결정할 예정이다. 이 한 그릇의 음식이 휑한 거리를 뚫고 가게를 찾은 고객들에게 위안이 되길 기대하면서, 오늘도 불 앞에서 주방을 지키고 있다.

(2020년 12월 16일)

소꼬리조림

생선과 마찬가지로 육류도 뼈에 붙어 있거나 그 사이에 있는 고기가 가장 맛있다. 대표적인 것이 아마 소꼬리일 것이다. 돼지꼬리 요

리도 있다지만, 나는 아직 먹어 보지 못했다. 동네 정육점에 가서 한우 꼬리가 있냐고 물으면, 꼬리만 팔지 않고 반골까지 포함해 판다고 대답하는 경우가 대부분이다. 여기서 반골이란 소의 엉덩이뼈를 말하며 골반골의 준말이다. 반골은 살코기가 적고 기름기가 많아 곰국을 해 먹지 않는다면 별로 선호하지 않는 부분이라, 한우의 경우 '반골꼬리'라는 이름으로 반골과 꼬리를 통째로 판다.

물론 한우라 하더라도 꼬리만 구매할 수 있고, 이 경우 '알꼬리'로 구분해 부르기도 한다. 이는 마치 소의 아킬레스 힘줄만 모아서 '알스지'로 구분하는 경우와 마찬가지다. 알꼬리 수입육은 1kg에 20,000원이 조금 넘고, 한우는 40,000원가량 한다. 하지만 한우 '반골꼬리' 가격은 수입 알꼬리와 비슷한 가격으로 팔리고 있다. 알꼬리는 얼핏 저렴하다고 생각될 수 있으나, 여기에는 절반가량 되는 뼈 무게도 포함되고 지방도 적지 않게 붙어 있어 결코 싸다고만 볼 수 없다. 게다가 꼬리의 경우 장시간 조리해야 하는 결정적인 단점도 지니고 있다.

소꼬리 밑처리 방법은 대동소이하다. 우선 찬물에 담가 핏물을 빼고, 끓는 물에 넣어 데친다. 이때 소주 등을 넣기도 하지만, 그보다는 떠오르는 거품을 걷어 내면서 거품이 거의 나오지 않을 때까지 삶는 게 중요하다. 대략 10분 내외. 이후 찬물에 담가 건져 내고는 불순물과 기름을 제거한다. 이제부터 소꼬리 곰탕을 해 먹을 건지, 찜이나 조림 등을 해 먹을 건지에 따라 조리법이 달라진다. 전자는 일반적인 곰국 레시피을 따르면 되는데, 뼈에서 살이 쉽게 분리되고 살이 부드러워지려면 두 시간 정도는 삶아야 한다. 하지만 후자의 경우는 압력솥을 이용하면 20~30분이면 가능하다. 물론 고기 양에 비해 물을 적게 잡아 곰국을 만든다면, 찐한 소꼬리 곰탕과 소꼬리찜을 함께 먹을 수 있다.

꼬리는 마디로 이루어져 있기 때문에 관절 사이로 칼을 넣어 자르는 것이 기본이다. 냉장 한우의 경우 그렇게 자를 수 있고, 또 그렇게 해 달라면 그렇게 잘라 주기도 한다. 하지만 냉동상태로 유통되는 수입 꼬리는 절단기로 같은 길이로 자르는 편이다. 그래서 주문

할 때 곰국 할 거라면 조금 길게, 찜을 할 거라면 약간 짧게 잘라 준다. 꼬리는 잘라 놓으면 크기가 다르다. 서빙 할 때 큰 것과 작은 것을 잘 배분하지 않으면 작은 것을 받은 사람이 삐칠 수 있으니 주의하자. 곰탕에는 큰 것과 작은 것을 적당히 배분하고, 중간 크기는 찜이나 조림에 쓰면 좋을 것 같다. 곰탕 속 꼬리는 그나마 잘 보이지 않기 때문이다.

소꼬리 요리의 핵심은 완전히 익혀 부드러워지게 하되 형태를 유지하는 것이다. 조림 요리에서 조림장은 요리하는 사람에 따라 다양하지만, 여기서는 일식요리에서 가장 기본적인 조림장을 이용했다. 잘 익힌 꼬리 중 중간 크기만 모아 팬에 담고, 간장, 미림, 청주, 설탕을 같은 비율로 넣고 꼬리가 반 정도 감길 정도로 육수를 붓는다. 센 불에 끓으면 중불로 낮춰 조림장이 조금 남을 때까지 조린다. 소꼬리를 그릇에 담고 남은 조리장을 위에 붓고 고수로 장식을 하면 된다. 양념이 단순하니 오히려 고기 맛을 충분히 느낄 수 있을 것이다. (2021년 2월 11일)

들기름 비빔국수

큰아들이 막국수, 그것도 들기름 막국수를 좋아해 용인에 있는 〈고

기리막국수〉에 같이 갔던 적이 있다. 도착해 보니 두 시간 이상 기다려야 한다기에 포기하고 나왔다. 아무리 맛있다고 소문난 식당이라도 나는 식당 밖에서 1분도 기다리지 않는다. 그 정도 붐빈다면 서비스는 말할 것도 없고 음식 만드는 과정도 미덥지 않기 때문이다. 만약 그 근처에 같은 메뉴를 제공하는 다른 식당이 있다면 당연히 그곳으로 간다. 실상 별 차이 나지 않는 경우가 대부분이고, 오히려 더 친절한 서비스를 받을 수 있기 때문이다.

오늘은 아내가 수영장 가는 날이라 점심을 혼자 먹어야 했다. 가게 근처 단골식당은 자주 갔던 터라 오늘은 딱히 끌리는 게 없었다. 게다가 가게 정리하러 아침 일찍 나갔다 왔기에 다시 나가기 싫어 오늘 점심은 집에서 해결해야만 했다. 그렇다고 또 라면 먹기는 싫어

베란다에 있는 건조식품을 뒤지다가 들기름을 발견하고는 고기리 막국수를 떠올렸다. 그 유명 식당의 음식을 먹어 보지 않아 내가 만든 것과 비교해 볼 수 없겠지만, 같거나 비슷할 필요가 있을까 싶어 바로 시도해 보았다. 그래도 기본 아이디어가 필요해 '우리의 식탁'이라는 애플리케이션에서 들기름막국수를 찾았더니만 다행히 적당한 레시피가 있었다.

들기름은 흔히 건강한 기름으로 생각하고 칼로리에 대해 신경 쓰지 않는 경우가 많다. 더욱이 나물을 무치는 경우 들기름을 쓰는 게 좋다고 많은 요리사가 추천하고 있다. 하지만 들기름 역시 지방이라 칼로리는 참기름과 별반 다르지 않다. 우연히 찾은 들기름병 라벨에 '착한 기름'이라는 표식이 있어 당연히 국산 들깨를 사용했을 거라 생각했는데, 뒷면 라벨을 보니 들기름 재료는 100% 중국산이었고 참기름은 100% 인도산이었다. 하지만 나는 식품에 관한 한 수입품에 대해 별 거부 반응이 없는 편이다. 그 식자재가 자랄 수 있는 최적의 환경에서 대규모로 재배되어 그 값이 싸질 수만 있다면 꼭 국내산을 고집할 이유가 없다는 게 내 생각이다.

메밀국수 대신 일반 국수 중면을 골랐다. 깨와 김 간 것, 상추, 방울 토마토를 고명으로 사용했고 소스는 간장, 식초, 설탕으로 간단히 만들었다. 사진의 검은색 고명은 깨 2큰술과 작은 식탁 김 1봉지를 작은 절구에서 간 것이다. 소량이라 믹서에 갈기보다는 절구가 편리한데, 설거지가 염려된다면 더더욱 그러하다. 소소는 레시피 대로 간장 3큰술, 설탕 1작은술, 식초 1작은술을 섞으면 그만이다. 이후 들기름을 기호대로 충분히 뿌려 비벼 먹으면 된다. 꽤 맛있다. 어쩐지 나는 이번 여름 자주 해 먹을 것 같다. (2021년 3월 26일)

타진으로 농어찜 요리

지하철 가락시장역 1번·2번 출구로 접근하는 가락시장몰은 지하 2층 축산부산물, 지하 1층 농산물, 지상 1층 수산물·건어물·축산물로 특화되어 있고, 지상 2층에는 대형 식자재마트와 주방용품 그리고 식료품점과 각종 식당용 자재를 판매하는 가게가 있다. 마지막 지상 3층에는 식당가가 있는데, 여기서는 자체 음식도 팔지만 지상 1층에서 구입한 수산물과 축산물을 조리해 먹을 수 있다. 예를 들어 지상 1층에서 등심과 안심을 사서 가져가면 불판과 각종 야채를 제공해 주는 식이다.

한편 가락시장 남문이나 북문을 지나면 수산물 위판장과 수산시장이 별도로 있는데, 나는 주로 이곳을 이용한다. 수산물 위판장에서는 전국에서 나는 제철 수산물의 선어가 판매되고 있는데, 아귀, 병

어, 갈치, 갑오징어, 고등어, 삼치, 민어, 눈볼대, 전갱이 등이 있다. 그 옆 수산시장에서는 선어와 활어를 파는데, 자연산도 있고 양식도 있다. 물론 어패류와 장어만 취급하는 가게도 있다. 전국, 아니 전 세계 어느 시장이라도 활기와 열기가 느껴지지 않는 곳이 있으랴마는, 나는 이곳의 다양함과 다이내믹, 그리고 질척거림과 비릿한 냄새가 좋아 자주 들르곤 했다.

1kg에 5,000원 하니 요즘 가장 싼 활어는 숭어다. 자연산 보리숭어는 끝물이라지만 아직도 진열대 커다란 대야에는 크기별로 구분해 놓은 숭어가 그득하고, 바닥 대야에는 죽은 숭어가 널브러져 있다. 오늘은 농어가 주인공이니 숭어 이야기는 다음으로 미루겠다. 이곳에서 팔고 있는 농어에는 국내산이란 팻말이 붙어 있다. 즉 중국

산이 아닌 국내 양식 농어란 의미다. 1kg에 15,000원 정도 하니, 수입 삼겹살 수준이다. 오늘은 3kg짜리 농어 한 마리를 사니 생선가게 주인이 내 얼굴 알아보고 2,000원을 깎아 주면서 1kg 조금 안 되는 숭어 한 마리를 덤으로 주었다. 그러곤 이 두 마리를 맞은편 오로시(비늘 치고, 포 뜨고, 회로 써는 일련의 과정을 의미하는 일본어) 하는 곳에 건네주었다. 이곳에서는 내가 요구하는 대로 생선을 장만해 주는데, 물론 실비는 내야 한다.

숭어는 스시용으로 포로 떴고, 농어는 한쪽은 껍질을 붙인 채 찜용으로, 다른 한쪽은 회감과 스시용으로 껍질까지 벗겼다. 이 모든 과정의 비용은 7,000원. 부탁하면 생선뼈와 머리는 매운탕감으로 장만해 준다. 요리사가 직접 하지 않는다고 나무랄 수 있겠으나, 생물

을 가져와 내 주방에서 하면 우선 능숙하지 않아 회수율이 낮다. 이 점만으로도 오로시 비용은 제 역할을 다한 셈이다. 또 다른 문제점은 좁은 주방에서 오로시를 하면 비늘과 비린내로 주방이 망가지며, 내장과 뼈 등 처리해야 할 부산물도 만만치 않다는 점이다. 그래서 가급적이면 내 주방에서 생선을 장만하는 일은 삼가고 있다.

사진에서 보는 바와 같이 이 요리 아주 간단하다. 타진 냄비 바닥에 얇게 빗겨 쓴 파를 깔고 그 위에 농어 포 뜬 걸 올린다. 만약 있다면 파슬리나 홍고추로 장식을 해 보지만 맛에 큰 영향은 주지 않는다. 그리고 소주잔 하나 정도의 청주를 붓고 타진 뚜껑을 닫는다. 중불로 김이 올라오기 시작하면 약불로 낮추어 1~2분 기다린다. 그러면 모든 요리가 완성된다. 회로도 먹을 수 있는 거라 불만 지나간다는 느낌이면 충분하다. 생선 맛을 오롯이 즐기기 위해서 강한 맛의 소스 대신, 물로 희석한 쓰유 정도면 된다. 파도 맛있으니 꼭 먹어 보길 바란다. 오늘 예약한 고객 중에는 회보다 이 요리가 더 좋다고 반기는 이도 있었다. 나 역시 마찬가지였다. (2021년 4월 16일)

양고기 대신 소고기로 타진 요리

타진 냄비는 모로코를 비롯한 북아프리카가 원조인데, 물이 귀하고 땔감도 부족해 약한 불로 오래 끓이면서도 수분 증발을 막아야 하는 조리 환경에 최적화된 조리기구다. 게다가 혹독한 건조 환경에서도 잘 자라는 양은 유목민들이 가장 쉽게 얻을 수 있는 단백질 원이라, 타진 요리라 하면 으레 양고기를 떠올린다. 타진 냄비에서 오랜 시간 뭉글하게 끓이면, 양고기의 풍미와 다양한 향신료가 어우러지면서 독특한 요리가 탄생하게 된다. 차돌박이나 숙주찜, 농어찜 같은 초보 수준의 타진 요리에서 벗어나 이제 본격적인 타진 요리에 도전해 보기로 했다. 주재료는 당연히 양고기였고, 냉동고 구석에 한동안 두었던 양갈비를 꺼내 들었다.

이 요리에는 각종 향신료가 필수적인데, 요리하는 사람마다 선택하는 향신료와 그 비율이 달라 어떤 조합이 최적이라 말하는 것은

의미가 없다. 그래도 그 어떤 기준이 있어야 하기에 인터넷을 뒤져 대안을 찾아보았다. 그 결과 인도 요리에 범용 배합 향신료인 가람 마살라가 있듯이 북아프리카 요리에도 그런 류의 향신료가 있는 것을 알게 됐다. 바로 '라스 엘 하누트Ras El Hanout'이다. 라스 엘 하누트는 아랍어로 'head of the shop', 다시 말해 가게에서 제공 하는 최고의 향신료라는 뜻인데, 시판되는 브랜드마다 그 배합이 상이하니 라스 엘 하누트의 맛도 일률적인 것은 아니다. 내가 구입 한 라스 엘 하누트는 코리엔더, 터메릭, 카르다몬, 소금, 흑후추, 클 로브, 시나몬, 넛맥, 올스파이스, 생강, 큐민, 파프리카 등 12가지 향신료가 들어 있는 것으로, 어떤 라스 엘 하누트는 100가지의 향 신료가 들어간 것도 있다고 한다.

인터넷에서 적당한 레시피를 찾아 도전해 보았지만 실패하고 말았 다. 사실 오랜만에 실패를 맛본 것이다. 타진 냄비 크기를 고려하지 않고 주재료로 길이가 긴 양갈비를 선택한 것이 패착의 주원인이 었다. 그 결과 여러 냄비를 옮겨 가며 마지막에는 압력솥까지 동원 하는 등 정상적인 요리 과정이라 볼 수 없는 난맥상을 연출했고, 당 연한 일이지만 최종 결과는 볼품없었다. 어쩔 수 없이 가족들과 같 이 나누어 먹었고, 일부는 단골 고객들에게 무료로 시식을 권할 정 도였다. 하지만 의외의 반응이 나왔다. 먹을 만하다는 것이었다. 특히 양고기, 향신료, 건과일이 어우러진 소스는 나름 괜찮다는 것이다. 내 입에도 나쁘지 않았다.

① 소고기 1킬로를 큼직큼직하게 썰고, 소금, 후추, 올리브유로 밑간을 한다.
② 라스 엘 하누트 1큰술, 파프리카, 마늘, 생강, 케이퍼 파우더 각 1작은술을 올리브유에 갠 뒤 밑간한 고기에 버무리고 냉장고에서 최소 3~4시간 잰다.
③ 잰 고기를 팬에서 굽는다. 적당히 고기가 익으면 고기를 덜어 놓고 같은 팬에서 채 썬 양파를 볶은 후, 고기와 함께 홀 토마토 1캔을 넣고 다시 볶는다.
④ 이제 타진으로 옮긴 후 보드카 1잔 붓고 아주 약불에 2시간쯤 끓인다.
⑤ 끓이는 도중 1시간쯤 지나면 껍질 벗긴 방울토마토와 물에 불린 건과일(살구, 대추야자, 포도, 무화과 등)을 넣고 끓이면 완성!

실패를 경험 삼아 또다시 도전해 보기로 했다. 이번에는 요리 과정을 표준화하기 위한 연습으로 간주하고, 양고기 대신 소고기(스튜용 목등심)를 썼는데 조리 과정은 대략 위와 같다.

타진 요리는 그냥 먹거나 밥, 쿠스쿠스 등에 올려 먹는데, 지난번에는 쿠스쿠스 대신 조밥(실은 기장밥)을 해 올려 주었더니 가족 모두 싫다고 했다. 나름 고민한 결과이지만, 아이디어라고 해서 모두 환영받는 건 아닌 모양이다. 오늘 드셨던 고객 중에는 조금 더 스파이시 해도 좋을 것 같다는 평을 주셨다. 건과일의 단맛 때문에 전체적으로 맛이 부드러워졌나 보다. (2021년 4월 28일)

아나고 돈부리

덮밥으로 번역되는 일본식 음식 돈부리는 어떤 재료를 얹느냐에 따라 다양한 이름이 붙는다. 오늘은 '아나고 돈부리穴子どんぶり'에 관한 이야기다. 매주 화요일과 목요일 아내는 일하는 며느리 대신 손자를 학교에서 찾아 며느리가 퇴근할 때까지 손자를 돌봐 준다. 며느리가 마칠 즈음 손자와 가게에 와서, 며느리가 오면 세 명이 함

께 저녁을 먹는다. 나는 그들에게 가능하면 새로운 음식을 제공하려 하는데, 이 과정에서 다양한 음식을 실습해 본다. 새로운 시도로 요리 영역을 넓히고, 깐깐한 세 명의 평가를 통해 안주하지 않고 더더욱 요리에 정진할 수 있다.

한번 장만하면 이 세 명이 한 번에 먹을 수 있는 것보다 많이 만드는 경우가 대부분이라, 여분의 음식은 단골에게 드시라고 권유해 보기도 한다. 물론 이 새로운 음식을 인스타에 올리기도 하고 새로운 메뉴로 확정하기도 한다. 인스타에 올려놓으면 고객 중에는 '이것' 해 달라고 요청하시는 분도 있는데, 며칠 여유가 있다면 가급적 해 드리려 노력한다.

'아나고穴子'는 붕장어의 일본식 이름으로, 민물장어鰻(우나기), 갯장어鱧(하모)와 함께 모두 척추가 있는 어류다. 하지만 우리가 보통 곰장어라 부르는 먹장어는 위의 장어와는 차원이 다른 하등 어류에 속한다. 요즘 양식이 대부분인 민물장어는 사료만 먹이다 보니 기름기가 많고 질긴데, 이 중에는 출고 직전 사료 양을 줄인 것도 있어 그나마 먹을 만하다. 물론 값은 비싸다. 이에 비해 자연산인 아나고나 하모는 담백한 맛에 회, 구이, 샤브샤브 등 여러 가지 요리로 각광받고 있는데, 이 또한 값이 예상보다 비싸다.

가락시장에 가면 아나고는 1kg에 3만 원가량 하는데, 중간 크기로 세 마리 정도 된다. 물론 마트에도 준비된 게 있다. 돈부리에 올릴 아나고는 굽기와 졸이기 두 과정을 거치는데, 자세한 레시피는 다음과 같다.

① 표면의 미끈거리는 점액을 종이 타월로 제거하고 적당한 크기로 자른다.

② 양면을 굽는데, 우선 껍질 쪽을 불 쪽으로 향하게 한다. 석쇠를 사용할 경우 벌겋게 달아오르면 올린다.

③ 냄비에 조림장을 넣고 끓으면 구운 아나고의 껍질 쪽을 아래로 해 약불에서 4~5분, 뒤집어 3~4분 졸인다. 이때 구멍을 뚫은 알루미늄 호일을 졸임 덮개로 사용한다.

④ 이제 강불로 조림장이 자작해질 때까지 조린다.

⑤ 밥 위에 아나고 조린 것을 올리고 푸른 색 채소와 함께, 있다면 산초가루를 뿌려 준다.

조림장(두 마리분) 재료: 술(100cc), 간장(3큰술), 미림(3큰술), 설탕(2큰술)

어제는 고객 중 한 분이 인스타에 있는 '캐비지 롤'이 가능하냐고 하기에, 냉동고에 있던 것을 꺼내 해 드렸더니 왜 메뉴에 올리지 않느냐며 맛있게 드셨다. 하지만 1인 식당에서 메뉴를 하나 늘린다는 것은 여러 측면에서 모험이라 조심스럽다. (2021년 5월 12일)

요리로
행복한 날이었다

가게의 존폐 위기감이 스물스물 피어오르던 5월 어느 날, 우리 가게 입장에서는 정말 빅뉴스가 전해졌다. 네이버 베스트 도전이라는 웹툰 플랫폼에서 인기리 연재되고 있던 《여기서 한잔할래?》에 우리 가게의 '돼지고기 된장절임'이 소개된 것이다. 나는 이런 사이트가 있는 줄도, 그의 웹툰이 얼마나 영향력이 있는지도 모르고 있었다. 정말 내게는 꺼져 가던 불씨를 다시 일으켜 준 구세주 같은 존재였다. 그 덕분에 매상이 조금 올랐던 것 사실이지만, 그것보다는 누군가로부터 주목받고 있다는 사실, 그리고 내 음식에 동의해 주는 사람이 있다는 사실이 너무너무 기뻤다.

돼지고기 요리 레시피

돼지고기 요리는 어떻게 만들어도 맛있다. 하지만 돼지고기 특유의 냄새를 받아들일 수 있어야 돼지고기 특유의 풍미를 즐길 수 있다. 따라서 셰프는 그 냄새를 참을 수 없는 이들을 위해 자기 나름의 방식으로 그 냄새를 감추려 한다. 나라마다 고유의 향신료를 이용해 멋진 돼지고기 요리가 만들어지는데, 우리 가게 돼지고기 요리도 그러한 노력 중 하나다. 자세한 레시피를 소개해 보아야 작업 환경이 다르니 큰 의미가 없다. 해서 개략적인 방법을 소개하니 혹시 관심 있는 분이 있다면 시행착오를 통해 자기 나름의 레시피를

찾길 바란다.

우선 신선한 돼지고기 목살이나 앞다리살을 적당한 크기로 자르고 소금에 절여 진공 패킹한 후 2~3일 냉장고에 둔다. 냉장고에서 꺼낸 돼지고기는 찬물에 깨끗이 씻고는 커다란 냄비에 넉넉히 물을 붓고 삶는다. 끓어오를 때 떠오르는 거품을 완전히 걷어 내고, 파의 푸른 부분 대여섯 개 분량과 생강편을 적당히 넣고 약불에 보글보글 한 시간 삶는다. 이후 꺼내 식힌 후 비닐 팩에 미소절임소스와 함께 넣고는 진공 패킹한다. 이 상태로 냉장고에 4~5일가량 둔다. 그 후 꺼내 소스를 씻어 내고 키친타올 등으로 물기를 제거한 다음, 소분된 각각을 비닐팩에 진공 패킹하면 된다.

한편, 사회적 거리두기 2단계가 실시된 후 며칠 영업하다가 2단계가 끝나는 12월 7일까지 휴업하기로 해 모처럼 여행을 다녀왔다. 서울에서 가장 먼 진도로. 이번 조치로 코로나가 주춤하길 기대했으나, 사회적 거리두기는 2.5단계로 상향조정 되고 말았다. 이제 더 이상 휴업하는 건 무의미하다는 판단에 오늘(12월 8일)부터 다시 세 시간짜리 영업을 위해 문을 열 예정이다. 어제는 휴업 마지막 날이라 가까운 곳에서 이자카야를 운영하고 있는 친구를 만나러 갔다. 그 친구가 우리 가게 돼지고기 요리를 좋아하는 터라 몇 덩어리 가져가서 같이 먹었다. 재료는 내 것이나 플레이팅은 그 가게 솜씨다.

앞다리살에는 껍질과 그 아래 하얀 비계가 두껍게 자리 잡고 있는데, 우리 가게 레시피 대로 요리하면 돼지고기 특유의 냄새가 전혀 나지 않는다. 오히려 비계를 좋아하는 고객은 비계 더 없냐면서 비계만 찾기도 한다. 그 가게에는 유즈코쇼가 없어 와사비를 곁들여 먹기도 했고, 그 집 특유의 폰즈젤리를 얹어 먹기도 했는데 아주 좋은 조합이라 풍미가 폭발했다. 조만간 내 레시피를 그 가게에 전수할 예정이며, 그 집 폰즈젤리는 그냥 얻어다 쓸 생각인데 동의할지 모르겠다. (2020년 12월 8일)

* 유즈코쇼柚子胡椒: 유자 후추란 뜻으로 청유자 껍질, 조직 연한 매운 고추, 소금으로 만든 규슈 지방의 저장 음식이자 일본식 고추 페이스트

여기서 한잔할래?

분명히 며칠 전 친구랑 같이 왔던 손님인데, 가게 문을 열고 들어와 '혼자'라면서 카운터석에 앉을 수 있냐고 물었다. 여덟 석 중 남아 있는 건 한 자리뿐이어서 그래도 앉겠다면 앉으시라 했는데, 의외로 고객들 사이 좁은 틈을 비집고 앉아 주문하고는 아무 말 없이 혼자 드셨다. 요즘 손님이 갑자기 늘어 가게는 북새통이라 혼자 온 손

웹툰《여기서 한잔할래?》42화

님에게 특별히 응대할 수 없었고, 그분 역시 나의 분주함을 고려하고 간간이 주문했다. 한참을 지나 그 손님은 계산대 앞에서 나에게 자신의 핸드폰 속 그림을 보여 주면서, 자신이 그린 것이고 웹툰에 소개하고 싶은데 괜찮겠냐고 물었다. 나는 별생각 없이 '괜찮다'라고 대답하고는 그 그림을 보내 줄 수 있는지 물어보며 그에게 이메일 주소 알려 주었다.

다음날 메일이 도착했고, 그걸 열어 보니 핸드폰 속에서 얼핏 보고만 그 그림은 다름 아닌 우리 가게 '돼지고기 된장절임'이었다. 마치 사진처럼 생생했으나 그건 그가 그린 그림으로 참으로 엄청난 내공이 느껴졌다. 이어진 놀라움은 그 이상이었다. 그는 네이버 베스트 도전에서 연재되고 있는《여기서 한잔할래?》의 작가 '세현(필

명)'이었고, 42번째 이야기가 바로 우리 가게 돼지고기 된장절임인
것이다. 가까운 친지들에게 만화 사이트를 보냈더니 모두들 축하
해 주었다. 내 모습을 본뜬 만화 캐릭터가 실물보다 낫다, 종업원을
구해야겠다 등 난리였다. 게다가 어느 지인은 당장 '번개'로 네 명
이 가겠다고 연락이 왔고, 어제 고객 중에는 벌써 그 웹툰 보고 왔
다는 분도 있었다.

웹툰 사건에 들떠 하루가 어떻게 훌쩍 가 버렸는지 모를 지경이었
다. 누군가에게 인정받는 건 좋은 일이다. 하지만 가게 형편상, 특
히 내 요리 능력과 체력을 감안하면, 지금 정도가 내게 최선이었다.
최근 몇몇 유명 인스타그램 계정에 가게가 소개된 이후 고객이 조
금씩 늘어나면서 한계를 절감하고 있던 터라, 만약 이 웹툰 덕분에
고객이 늘어난다면 어떻게 감당할 수 있을지 의문이었다. 세상만

돼지고기 된장절임 웹툰《여기서 한잔할래?》42화

사 모든 게 그렇듯, 음식도 사람 손이 많이 갈수록 부드러워져 먹기에 편하다. 웹툰 작가가 발견한 나의 요리가 그 전형이라는 생각이 들었다. 늦게 시작한 새로운 일거리에 감사하면서 나름 최선을 다할 각오다.

나는 어제 밤늦게 별별 상상을 하면서 잠에 들었다. 혹시 고객이 너무 늘어 아내의 조력만으로 불가하다면? 영업 일수를 더 줄여야 하나, 아니면 종업원을 들여야 하나? 종업원을 들이고도 가게 운영이 가능할까, 이때 손실이 난다면 얼마까지 견딜 수 있을까? 종업원에게는 어디까지 맡길 수 있을까? 종업원에게 가게를 맡겨 본후 잘한다면 그에게 가게를 넘길까, 아니면 동락2호점을 내도록 할까? 마켓컬리에 돼지고기 된장절임을 출시해 볼까? 이러다 정말 대박이 나면 어쩌나? 별의별 생각과 고민으로 행복한 하루였다.

세현 작가의 《여기서 한잔할래?》는 단행본으로도 나와 있어 새벽에 교보문고에 주문했다. 그의 상징인 '소주병 안은 수달' 인형 역시 주문했다. 나의 캐리커처가 들어 있는 부분은 따로 캡쳐해서 작은 아크릴 액자에 담아 가게 가운터에 놓아둘 예정이다. 이 수고는 큰애가 맡아 해 주기로 했다. 잠시나마 즐거움을 주셨고 또한 예상 밖의 고민 역시 안겨 주신 '세희' 작가님께 이 자리를 빌려 감사의 말씀을 드린다. (2020년 5월 29일)

손자 녀석

동락의 일상을 밝혀 주는 사람이 또 있다면 그건 손자 녀석이다. 지금은 초등학교 3학년이 되어 부모 다음으로 친구를 좋아할 나이다. 내가 가게를 할 즈음에 그 녀석은 초1이지만, 한국사를 너무 좋아했고 닥치는 대로 암기했다. 그렇다고 '천재'니 '준재'니 뭐 그런 이야기를 하자는 건 아니다. 어찌 된 판인지 단군왕검부터 현 대통령까지 우리나라 군왕과 대통령 이름을 차례로 외운 것이다. 그리고는 각종 유튜브를 통해 역사적 사실들 꿰맞추고 있었으니, 질문의 수준은 가히 점입가경이었다. 자기 엄마와 아빠를 정복하더니, 자주 오시는 외할머니와 외할아버지의 수준을 넘었다. 남은 건 공무원 시험을 준비했던 삼촌과 나인데, 우선 삼촌과 견주어도 조금도 모자라지 않았다.

이제 녀석은 나만 보면 질문을 하기 시작했다. 기억나는 마지막 질문은 "왜 조선의 실학은 성공하지 못했냐?"였다. 그러니 나머지 가족들은 그저 그 녀석의 한국사 도장 깨기의 가벼운 상태였을 뿐이었다. 나는 내 나름대로 녀석에게 설명해 주었다. 결국 그 녀석에겐 내가 난공불락의 장벽이 되면서 어느새 한국사 공부를 더는 하지 않게 되었다. 간혹 한국사나 다른 질문을 할 때면, 늘 "할아버지는

아시겠지만"라고 밑밥을 깔았다. 강자를 인정하지만 그래도 자존 감을 버리지 않고 승부욕을 드러내는 태도는, 큰애와 작은애 키울 때와는 확연히 달랐다. 하지만 불만 없다.

또 다른 일화는 바둑이다. 녀석이 바둑을 배우러 다닌다는 이야기 를 들었다. 바둑 좋아하는 후배와 손자 이야기를 하던 중 후배가 기 념으로 유명 바둑인의 싸인이 담긴 바둑판 하나를 선물하겠다고 약속했다. 한동안 잊고 있었다가 후배가 가게로 바둑판 하나를 가 지고 왔다. 거기에는 이창호 프로의 싸인이 담겨 있었다. 손자 녀 석, 이창호 프로가 누구인지도 모르면서 선물 받고는 무척 좋아했 다. 그 이후 휴일에 녀석은 나와 자주 바둑을 두었다. 쉽게 나를 이기지 못했고, 그럴 때마다 씩씩거리며 분해했다. 요즘 녀석은 검도를 배우고 있다.

가게 일이 힘들어도 녀석의 저녁밥 만들 때가 되면 맛있게 먹을 모습을 상상하면서 즐겁게 일하게 된다. 그러면 녀석은 식당 한구석에 앉아 아주 점잖게 조용히 밥을 먹는다. 마치 이 정도의 교양은 갖추고 있다는 듯이. 나는 녀석이 오는 날이면 3인 테이블에 '예약석' 명패를 올려놓는다. 손님이 많아 그 테이블의 매상을 놓치는 한이 있어도, 그 녀석 먹고 있는 모습이 더 좋기 때문이다. 폐업 후에도 한동안 매주 두 번씩 우리 집에서 녀석과 며느리랑 저녁을 같이했다. 요즘은 녀석 좋아하는 소고기 소보로 혹은 보섭살이나 설도를 넣은 카레라이스 만들어 보내 주고 있다. 인생에서 할아버지는 그다지 중요하지 않겠지만, 손자에게 나와의 기억이 좋은 추억으로 남길 고대할 뿐이다.

바비큐

오늘은 가족들이 모여 바비큐를 했다. 큰애가 사는 주상복합에는 30평 정도 되는 옥상이 있다. 이곳은 큰애 집을 통해서만 접근이 가능하니 독점 공간이나 마찬가지다. 그래서 남 눈치를 보지 않고

바비큐가 가능했다.

나는 바비큐에 소고기나 돼지고기보다 양고기나 닭고기를 쓴다. 양고기와 닭고기는 센 불에도 타지 않으며, 양념에 재우지 않아도 나중에 소금, 후추에 찍어 먹으면 된다. 한쪽에 밀어 둔 숯 위에서 살짝 익히고, 숯이 없는 쪽으로 고기를 옮긴 후 뚜껑을 덮어 두면 속까지 잘 익는다.

지금 손자 녀석만 한 나이의 두 아들을 데리고 영국에서 3년 머물렀고, 집에 딸린 작은 정원에서 자주 바비큐를 했다. 나는 그때나 지금이나 여전히 불 앞에서 고기를 굽고 있다. 아마 팔자인가 보다.

(2020년 10월 1일)

츠쿠네와 츠미레

소고기나 돼지고기 등 육류의 다짐육으로 만드는 요리는 전 세계적이다. 가장 대표적인 게 햄버거일 것이라 생각하는데, 우리나라에서도 육화전(일명 동그랑땡)이나 고추전도 다짐육을 이용한 것이며, 내가 좋아하는 중국요리 란자완스도 마찬가지다. 일본 음식도 다짐육을 이용하는 요리가 많은데, 구이뿐만 아니라 경단을 만들어 냄비 요리나 전골에 이용한다. 우리는 '완자'라는 단어로 다짐육으로 만든 요리를 총칭하기도 하는데, 일본에서는 육고기로 만든 완자를 츠쿠네つくね, 생선으로 만든 완자를 츠미레つみれ로 구분해 쓴다. 거의 모든 생선으로 츠미레를 만드는데 청어, 전갱어, 고등어와 같은 등푸른 생선으로 만들기까지 한다.

어제는 지난 1년간 우리 가게에 가장 많이 왔던(덕분에 어려운 한 해를 생존할 수 있었다) 현 선배가 고등학교 서클 망년회를 하겠다며 열두 명으로 예약을 했으나 모인 이는 겨우 네 명. 사전에 연락은 받았지만 특별 메뉴로 준비한 소고기 츠쿠네와 닭다리살 꼬치구이는 당일 소비해야만 했다. 다행히 다른 손님들도 많이 와서 만들어 놓은 츠쿠네와 꼬치 모두를 소비할 수 있었다. 소고기 다짐육이나 닭고기는 다른 육고기에 비해 저렴한 편이다. 따라서 잘만 만들어 놓으면 셰프 입장에서는 가성비가 높아 만족스럽다. 하지만 동시에 손이 많이 가는 방식이기도 하다.

츠쿠네 만드는 법은 다음과 같다. 다짐육(소고기만으로 혹은 소고기와 돼지고기 반반 섞은 것), 잘게 썬 양파를 갈색이 날 정도로 볶은 것, 우유에 적신 빵가루, 잘게 쓴 깻잎(대파도 무방), 통깨 등등의 재료를 준비한다. 그리고 거기에 양념으로 소금, 후추, 미소, 있다면 파프리카 가루와 육두구(넛머그) 가루 등을 섞어 잘 치대 냉장고에서 한두 시간 둔다. 꺼내 적당한 크기와 모양으로 성형한다. 이렇게 만든 츠쿠네를 잘 구운 후 간장, 미림 각 2큰술, 설탕 1작은술을 끓여 졸인 양념장을 발라 제공하면 그걸로 끝. 제법 먹을 만하다.

나이 들어 소화되지 않는다고 고기를 먹지 않고 채식만 하면 골골

할 수밖에 없다. 소화가 되지 않는 이유는 기본적으로 소화력이 떨어진 데 있겠지만, 치아가 나빠 씹지 않고 꿀꺽꿀꺽 삼키는 데도 원인이 있다. 노년에 아무리 운동을 해도 단백질이 공급되지 않으면 근육은 급속히 줄어든다. 소화만 시킬 수 있다면 녹용과 공진단보다 소고기가 나은 법. 대형마트에서 파는 비교적 싼 수입 소고기 다짐육으로 츠쿠네든, 햄버그든, 완자든, 동그랑땡이든 무엇이든지 만들어 먹길 바란다. 치아가 나쁘면 기계로라도 갈아서 먹어야 한다. 그래야 육체적 건강은 물론 정신적 건강까지 지켜 낼 수 있다. 아무리 코로나19가 기승을 부려도 건강은 밥상 밑에 있음을 명심하자. (2020년 12월 12일)

미니 햄버그와 소고기 소보로

얼마 전 진주 친구 집을 1박 2일 일정으로 다녀왔다. 아내가 친구 부인과 친한 덕에 친구와의 50년 우정을 이어 갈 수 있었고, 스스럼없이 하룻밤을 묵을 수도 있다. 만약 이 둘이 친하지 않았다면 꿈도 꾸지 못할 일이다. 그저 모두에게 감사할 따름이다. 참, 이 친구 부인이 지난 이야기에서 언급된, 우리에게 목련꽃차 재료를 마련해 주셨던 분이다.

대화 중 고기 먹는 이야기가 나와, 이제 나이 들면 고기 먹는 방법을 바꾸어야 한다, 질긴 고기 씹지 않고 꿀떡꿀떡 삼켜 소화불량 만들지 말고 갈아서 먹어야 한다, 굳이 덩어리 고기를 먹으려 든다면 삶아 먹거나 부드러운 안심을 먹어야 한다는 등 내 나름의 아이디어를 이야기해 줬다. 가능하면 생고기 구이보다 햄버거나 동그랑땡 만들어 먹고, 미역국에도 고기 대신 완자를 넣어 먹어야 한다고. 이건 어린아이도 마찬가지라 했더니만, 친구는 당장 서울 사는 손녀가 생각났던지 연락하겠다고 했는데, 잊어버리지나 않는지 모르겠다.

우리 가게에서 소고기 볶음밥이라고 칭하는 '소고기 소보로 덮밥'은 화요일과 목요일 저녁마다 가게에 오는 손자 녀석 전용 메뉴다. 간 소고기를 해동지에 싸서 핏물을 빼고는 프라이팬에 기름을 약

손자에게 주곤 했던 소고기 볶음밥

간 두르고 볶으면서 미림, 설탕을 넣고 다시 볶는다. 거의 다 익을 즈음 나온 물과 기름은 채로 걸러 제거한 후 다시 프라이팬에 옮기면 된다. 여기에 마늘 간 것을 넣고 볶다가 다시 간장을 넣어 물기가 없어질 때까지 바삭 볶으면 끝. 밥 위에 소고기 소보로 올리고 간장과 참기름을 두른 후 제공하면 된다. 만든 소보로는 냉장고에 두면 제법 오랫동안 보존할 수 있다.

미니 햄버그 역시 손자 녀석이 좋아하는 요리다. 남은 게 있다면 싸가겠다 할 정도다. 이 햄버그는 일반 햄버그를 만드는 방법과 대동소이하나 우유에 적신 빵이나, 빵가루 대신 밥을 넣는 것이 특징이라면 특징이다. 경단의 한 가운데를 오목하게 눌러 주면 전체가 골고루 익는 데 도움이 되고, 한쪽이 익으면 뒤집어 술을 조금 붓고 약불에 뚜껑을 덮어 속까지 익히는 게 팁이라면 팁이다. 소스 재료는 한꺼번에 냄비에 넣고 한 번 끓이면 완성이다. (2021년 5월 29일)

햄버그 재료: 간 소고기 250g, 밥 80g, 양파 다진 것 1개분, 계란 1개, 넛맥 가루, 소금, 후추 소량

소스 재료: 토마토케첩 4큰술, 우스터소스 2큰술, 설탕 1작은술, 간장 1/2 작은술, 간마늘 1작은술

손자 녀석과 다코야키

코로나 확진자의 폭발적인 증가로 임시휴업을 했다. 손자 녀석은 원격수업에 이어 곧장 여름방학에 돌입하는 모양이다. 덕분에(?) 집에서 제법 오랜 시간 같이 놀 수 있는 기회가 생겼고, 언제 한번 함께 다코야키를 만들어 봐야겠다고 사 놓았던 다코야키 팬을 처음으로 꺼냈다. 이 팬은 구멍이 16개 있는 소형 무쇠 팬으로 인덕션에서도 사용이 가능하다. 알루미늄에 코팅이 잘된 다른 팬이 있긴 했으나, 그건 휴대용 가스레인지에서 사용해야 해서 손자 녀석에게 위험할 수 있을 거라고 판단했다. 그렇지만 무쇠로 된 팬은 무거운 데다 관리도 쉽지 않아 누구에게나 버거울 것 같다.

무쇠 팬은 깨끗이 씻은 후 말리고, 전체적으로 식용유를 바른 후 거기서 야채를 볶아 주면 무쇠 특유의 냄새를 상당 부분 제거할 수 있다. 우선 시판되고 있는 다코야키 파우더, 물, 계란을 섞어 아주 묽은 반죽을 만들어 놓았다. 이제 강불에 무쇠 팬이 달군 후 중불로 낮추고 팬 구멍에 반죽을 8할가량 부어 준다. 그리고는 각종 내용물을 넣고, 팬 가장자리가 넘치지 않을 정도로 팬 전체에 반죽을 부으면 된다. 구멍보다 가장자리가 먼저 익는데, 송곳을 이용해 익은 가장자리를 구멍 가운데로 몰아 주고는 돌리면서 뒤집어 준다. 이를 16개 구멍 모두 반복한다. 가운데 구멍들이 먼저 익기에 팬 모서리 구멍 네 개와 가운데 구멍 네 개의 위치를 서로 바꾸어 준다.

다코야키는 일본뿐만 아니라 우리나라에서도 인기 있는 대표적이

길거리 음식인데, 다코야키만을 전문으로 하는 가게도 많다. 밀가루 반죽에 문어를 넣은 다코야키가 처음 등장한 곳은 1935년 오사카이며, '다코たこ(문어)'와 '야키焼き(구이)'가 결합해서 다코야키라는 음식 이름이 생겨났다고 전해진다. 문어가 가장 일반적인 재료지만, 다코야키 재료로 넣을 수 있는 것은 실로 무궁무진하다. 문어, 치즈, 캔 옥수수, 캔 참치, 베이컨, 오징어, 새우, 아나고, 명란, 우메보시 등. 오늘은 손자 녀석과 함께 먹을 거라 문어, 소시지, 새우, 치즈 그리고 명란을 준비했다.

처음 시도하는 음식이라 가장 큰 걱정은 혹시 손자 녀석 앞에서 실패라도 하면 다시는 이런 식의 만남을 제안할 수 없다는 것이었다.

매뉴얼도 꼼꼼히 읽고 유튜브도 찾아보면서 나름 간접경험을 충분히 해 놓았다. 막상 하고 보니 눌어붙지도 않았고, 둥근 모양도 쉽게 만들 수 있었다. 문어를 넣은 것이 가장 좋았고, 새우에 명란을 넣은 것도 나름 좋았다. 손자 녀석은 잠시 흥미를 갖더니만 곧장 TV 속 만화에 빠져들었다. 내게 이 녀석은 '제3의 인류'와도 같았다. 마음속 사랑을 너무 드러낼 수 없거니와 그걸 이해해 줄 거라 기대할 수도 없는 대상이다. 코로나가 빨리 물러나고 일상이 제자리를 잡게 되면 이 녀석과 둘만의 캠핑을 가고 싶다. 그건 아직도 미완인 버킷리스트 중의 하나. (2021년 7월 17일)

가족의 멤버십

아내는 술을 마시지 않는다. 게다가 장인어른도 술과 담배는 안 하시는 분이셨다. 반대로 나의 아버지는 술을 좋아하셨고, 돌아가실 때까지 담배도 태우셨다. 술 안 드시는 아버지에 그 딸, 반대로 술 좋아하는 아버지에 그 아들이 만나 가정을 이룬 것이다. 큰애는 친가 쪽인지 말술이지만 작은애는 술을 즐기지 않는다. 내가 처음 가게를 한다고 했을 때 아내는 술에 대해 별다른 생각이 없었던 모양이다. 하지만 가게가 일본식 선술집이어서 술 마시러 오는 손님뿐

이다 보니, 아내는 그제야 조금 당황하는 눈치였다. 처음 2달 동안 '오픈 빨' 때 오는 손님은 인사치레로 카드가 아닌 현금으로 계산하려 했다. 현금 거래라 내가 신고하지 않으면 가게 매상이 줄고, 그러면 내가 부담해야 하는 세금이 줄어들 것이라 모두 생각하는 모양이었다. 나는 현금으로 들어오는 모든 돈을 아내에게 줬다. 돈 싫어하는 사람 없다고, 아내는 그 돈 챙기는 재미가 쏠쏠했나 보다. 무색투명한 공무원 봉급만 받다가 들쭉날쭉하지만 가욋돈이 생기니 싫을 이유가 없었을 거다. 아무튼, 아내는 나를 성심성의껏 도와주었다.

현재 자리에서 먼저 개업했던 가게가 김밥집이라 '간이과세대상'이었는데, 덕분에 우리 가게도 처음 6개월간은 '간이과세대상'이 적용되었다. 그러니 장사 초기는 매출에 그다지 신경 쓸 필요가 없던 기간이었다. 물론 6개월 후부터는 '부가가치세 신고대상'이 되어 각종 세금 빠짐없이 납부했다. 처음 가게를 열었을 때는 식기세척기를 놓을 자리가 없어 그 많은 설거지를 아내가 모두 해 주었다. 나는 마감을 하고 아내는 일일이 손으로 설거지를 했지만, 설거지가 끝나지 않아 귀가는 언제나 늦어지곤 했다. 나는 이런 방식으로 지속하는 건 무리라고 판단했다. 조리대를 자르고 화구를 교체하면서 공간을 마련해 12인용 가정용 식기세척기를 억지로 밀어 넣었다. 설거지 거리가 생기는 대로 식기세척기에 넣어 돌렸고, 그 덕분에 귀가 시간이 빨라졌다. 24개월 할부로 샀는데, 가게를 폐업하니 어느새 할부도 끝나 있더라.

개업한 지 한 달이 지났을까, 아내가 갑자기 다리가 아파 걸음을 못 걷겠다며 가게 출근을 못하게 되었다. 나는 그 소식에 난감했고, 너무 서둘다 손을 크게 베이고 말았다. 다행히 아내는 며칠 지나자 언제 그랬냐는 듯이 건강한 모습으로 가게로 나왔다. 아내는 완전한 은발이라 사람들에게 주목을 받았고 '진짜 머리카락이냐', '염색하지 않았느냐'라며 개인적 질문을 던지는 손님과도 어느덧 쉽게 대

화를 할 수 있게 되었다. 아내가 가게에 없으면 어디 가셨냐고 묻는 손님도 생겼고, 아내가 없으면 섭섭해하는 분도 계셨다. 그러다가 코로나로 손님이 급감하면서 한동안 가게에 나오지 않거나, 나와도 잠시 있다가 집으로 가는 수준이었다. 내가 6시 영업을 시작하면서 전화를 걸어 '바쁘면 나오라고 연락하겠다'라고 했지만, 손님이 없으니 부를 수도 없었다. 아내는 아내대로 연락이 없으니 '오늘 장사 망쳤구나'라고 여기면서, 낙담한 얼굴로 집에 올 저를 어떻게 맞이할까 전전긍긍했다고 한다.

우리 가게의 특징은 나의 나이와 아내의 은발이라 할 정도로, 아내의 은발은 인상적이었다. 세현 씨 만화에 등장한 나와 아내의 그림을 오려 하나의 파일로 만들고 그걸 '숨고'에 올려 가게 명함을 만든 것이 위 그림이다. 당시는 제법 인상적이었는지 보는 사람마다 좋아했고, 나도 다른 명함 치우고 이것만 손님에게 주거나 수첩 속에 넣고 다녔다. 나의 전직이 교수다 보니 사실 아내와 함께 일을 논의하거나 부탁할 일이 없는 편이었다. 대화는 늘 겉돌고 가족이라고 해도 어느 한 방향을 보고 함께 나아가는 경우가 거의 없었다. 하지만 지금처럼 가게가 생업이 되니 어느 순간부터 나와 아내는 자주 대화를 나누게 되었다. 일도 함께하면서 어려운 상황을 극복해 나가려 함께 노력하였다. 큰애 가족 그리고 작은애도 가게에 뭔가 도움이 되는 일이라면, 발 벗고 나서 주기도 했다. 그때 나는 처음으로 가족의 멤버십을 느꼈던 것 같다. 몸은 고달팠고 결국 중도 포기하고 말았지만, 잃기만 한 게 아니었다는 걸 이제는 안다.

(2021년 8월 1일)

민어 나베

오늘은 아내와 함께 가게에서 점심을 먹었다. 어제 예약했던 고객에게 제공하고 남은 민어 냄비와 고등어구이 그리고 이전에 담았던 도루묵 식해로 한 상을 차렸다.

아내는 저녁에 출근해 서빙을 도와주고 있으니 가게 직원과 회식

을 한 셈이 되겠다. 젊은 시절 회식은 공술의 기회이며, 고참이 되면 똥폼을 잡을 수 있어 회식은 언제나 즐거운 기다림이었다. 하지만 아내와의 회식은 좀…… 하하.

요즘 가락시장에서는 회로 먹을 만한 선도의 고등어를 볼 수 있다. 어제 싱싱한 고등어 세 마리 사서, 한 마리는 구이용으로 장만했고 나머지는 초절임 해 두었다. (2020년 9월 25일)

타진으로 차돌박이 찜 요리

찜 요리는 양념을 많이 사용하지 않는다는 점에서 담백함이 최고의 가치이고, 끓이거나 굽지 않아 영양 손실이 적다는 점이 또 다른 장점이다. 요즘 찜 요리 중에서 편백 찜 요리가 대세다. 이 요리는 편백나무 찜기에 각종 야채, 조개, 생선살, 육류를 펼쳐 찌는 것으로 찜기 아래에는 물을 끓여 수증기를 올리는 용기가 있다. 편백나무는 특유의 향기와 항균, 멸균 기능이 있어 찜기 용기로 각광을 받을 뿐만 아니라 나무로 된 각종 요리도구 재료로 널리 사용되고 있다. 또한 편백나무는 목욕탕에서 최고급 욕조로 이용되고 있는데, 흔히 알고 있는 '히노키탕'이 그것이다.

나는 평소에 찜 요리를 즐겨 하지 않는 편이다. 왜냐하면 찜기 아래 용기로 육수가 떨어지니 뭔가 손해를 본다는 느낌이고 게다가 설거지를 해야 하는 그릇이 하나 더 늘어나기 때문이다. 이에 대한 대

안이 바로 타진 요리다. 타진이란 모로코를 중심으로 북아프리카 지역에서 즐겨 쓰는 냄비의 한 종류로, 고깔 모양의 뚜껑이 특징이다. 재료 자체에서 증발한 수분이, 표면적이 넓어 냉각이 용이한 고깔 안쪽에 응결되는 원리를 이용한 것으로 물이 부족한 북아프리카 지역에서 창안된 아이디어다. 우리나라에서도 한국도자기라는 기업에서 타진을 생산 판매하고 있으나 그다지 많이 팔리는 것 같지는 않아 보인다. 나도 하나 가지고 있는데 무겁고 이쁘지 않아 선반 한구석을 차지하고 있을 뿐이다.

사진 속 타진 냄비는 일본 하리오 제품으로 고깔이 유리로 되어 있어 요리 진행 과정을 볼 수 있다는 게 특징이다. 하리오는 드립커피 용품이나 유리 뚜껑으로 된 작은 솥 제품으로 우리에게 익숙한 주방용품 회사다. 오늘은 이 타진 냄비로 요리해 보려 한다. 양고기로 본격적인 타진 요리를 하기 전에 가장 손쉬운 타진 요리인 대패삼겹살, 숙주찜 요리를 시도해 보았다. 급하게 준비하느라 대패삼겹살 대신 한우 차돌박이를 사용했는데, 맛있지만 너무 비싸 출혈이 심했다. 숙주만의 심심함을 없애기 위해 깻잎을 굵게 채 썰어 숙주와 함께 타진 바닥에 깔았다. 물을 조금 넣어야 숙주가 타는 것을 막을 수 있는데, 여기서는 물 대신 청주를 소주잔으로 한 잔 정도 넣었다. 찍어 먹을 양념장의 재료는 다음과 같다.

재료: 깨 간 것 3큰술, 설탕 1작은술, 쯔유 1큰술, 식초 1작은술, 두반장 1작은술

처음에는 중불로 수증기가 올라오기 시작하면 약불로 줄여 잠시 두면 된다. 위에 올린 고기가 익으면 뚜껑을 열어 고기와 야채를 뒤적이고, 다시 뚜껑을 덮어 익힌 후 먹으면 된다. 소스는 뭐든지 가능한데, 나는 유자 식초를 이용한 쯔유를 만들었다. 준비한 차돌박이가 부족해 식구들이 젓가락을 들고만 있기에, 얼른 주방에 들어가 파를 4센티 길이로 자르고 그것을 종으로 이등분하고는 타진 바닥에 깔았다. 어제 스시를 만들어 먹고 남은 숭어 살이 냉장고 속에 있기에 적당히 잘라 그 위에 올리고는 위의 요리 방식을 반복했다. 아내는 차돌박이가 좋다고 했고 며느리는 오히려 생선살이 좋다고 했다. 나는 모두의 만족하는 낯빛에 안도의 한숨을 쉬었다. 오늘은 요리로 행복한 날이었다. (2021년 4월 9일)

기대 반 의심 반으로 처음 방문한 동락은 모든 것이 이상했다. 숨은 맛집이라고 하더니 테이블 두 개에 바 형태의 테이블 몇 자리가 전부였고 나이 지긋한 사장님 홀로 가게를 지키고 있었다.

메뉴판을 보고 한참 고민하고 있는 내게 사장님은 '돼지고기 된장절임'을 자신 있게 추천했다. '오뎅 삼총사'와 함께 주문한 '돼지고기 된장절임'의 맛은 가히 충격적이었다. 차가운 돼지고기 한 점이 입안에서 사르르 녹는다고 해야 할까. 한 접시를 몇 분 만에 정신없이 해치웠을 정도로 환상적인 맛이었다. '시메사바' '스지조림' '계란말이' '파프리카 샐러드' 등 모든 음식 하나하나가 일품이었다.

동락에서 가장 이상한 건 사장님이었다. 당연히 호텔 주방장 출신이겠거니 했는데 지리학을 전공한 대학교수님이었다는 말에 또 한 번 충격을 받았다. 사장님은 처음 본 내게 자신이 일본 오카야마 출신의 재일교포라고 밝힌 뒤 유년기 시절부터의 이야기를 술술 풀어냈다. 국립대 교수로 살아온 이야기, 일본의 역사와 문화, 동락이라는 가게를 오픈한 이유 등을 들으니 금세 밤 10시가 가까워졌다. 그런데 이제 곧 문을 닫아야 한다며 그만 마시라는 게 아닌가!

이제 동락은 내게 추억의 장소가 됐다. 동락이 너무 유명해지는 바람에 손님이 너무 많아져 힘들어하던 사장님은 정말 쿨하게 가게를 넘기고 떠나셨다. 새로운 사장님이 그 자리에서 동락 시즌2를 이어가고 있지만 '이상한 사장님'이 없는 동락을 굳이 찾지는 않고 있다. 대신 그 이상한 사장님과 동네에서 가끔 만나 술 한 잔을 기울인다. 그때의 동락을 그리워하면서.

한국경제 서재원 기자

5장

2년 반 동안의 노소동락,
그다음 여정은?

그래도 요리

2021년 가을이 되면서 〈동락〉에서 세 번째 가을을 맞이했다. 메뉴에 정식으로 나베를 넣었다. 기존의 '닭고기 간장나베'에다 틈틈이 '닭고기완자 나베'를 추가했고 예약손님이 있을 경우 대구나 농어로 맑은 나베를 내놓았다.

종종 즈키다시 형식으로 돈지루를 만들어, 오시는 손님에게 대접하기도 했다. 어떤 이는 돈지루에 밥을 달라고 해서 야채 즈키다시와 함께 염가로 드렸다. 꾸준히 요리하는 동안에도 나는 손님들께 새로운 맛을 제공하고 싶어 요리책과 레시피 노트를 계속 뒤적거렸다.

돈지루

우리에게는 청국장, 칼국수, 김치찌개와 같은 일반적인 소울푸드가 있는가 하면, 어죽, 게장, 옹심이, 젓국 등 지역색이 뚜렷한 것도 있고, 극히 개인적인 그 집안만의 대표 음식도 있을 것이다. 나의 소울푸드는 내 또래의 그것과는 달리 카레라이스, 바라즈시 등인데, 월남한 친구네 그리고 처가 덕분에 손바닥만 한 만두가 가득 든 손만둣국도 좋아한다. 물론 서양인에게도, 일본인에게도 당연히 소울푸드가 있을진대, 일본인에게 가장 보편적인 소울푸드 중 하나가 바로 돈지루다. 일본 드라마 〈심야식당〉 벽면 메뉴판에 '돈지루' 하나만 쓰여 있는 것만 봐도 돈지루가 일본의 대표적인 소울푸

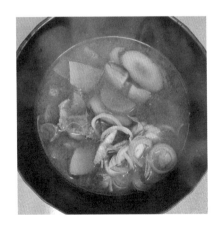

드임을 알 수 있다.

돈지루豚汁란 돼지고기가 든 국을 말한다. 보통 일본식 된장국을 미소시루噌汁라고 하는데, 국을 의미하는 시루가 지루가 된 것은 같은 한자이지만 나가사키長崎의 '사키'가 미야자키宮崎의 '자키'로 달리 읽히는 것과 같은 이치다. 돈지루 역시 미소가 들어가기 때문에 미소시루의 하나로 볼 수 있으나 돼지고기가 들어간 이 된장국만은 다른 된장국과 구분해서 특별히 돈지루라고 부른다. 조리법도 조금 다른데, 미소시루는 다시에 미소 분량의 반만 넣고 끓이다가 불을 끄고 나머지 미소를 넣어 제공한다. 이는 미소의 향기가 달아나는 것을 막기 위함이다. 하지만 돈지루는 한꺼번에 된장을 넣고 푹 끓이는 편이다.

돈지루의 일반적인 조리법은 돼지고기를 먼저 볶다가 다시를 넣고 여기에 각종 야채를 넣고 끓이는 것이다. 하지만 나는 기름이 많이 떠 있는 돈지루가 싫고 혹시라도 돼지고기 특유의 냄새가 날까 부담스러워, 얇게 쓴 돼지고기(삼겹살, 목살, 전지 등 뭐든 가능)를 다시와 술을 넣은 냄비에서 삶은 후 그것을 쓴다. 이후 비교적 큰 냄비에 돼지고기, 다시, 곤약, 당근, 우엉, 표고, 무 등등을 넣고 한 번 끓인 후 미소를 충분히 넣고 푹 끓인다. 여기서 요리 팁은 곤약을 칼로 쓸지 말고 숟가락 등을 이용해 거칠게 자르는 것이다. 그래야 곤약이 푹 익고 간이 잘 배어든다. 이때 돈지루에 넣는 야채는 가능한 한 뿌리채소로 골라 오랫동안 끓여도 쉽게 물러지지 않는 것이 좋다.

나는 돈지루를 보면서 우리 제사상에 놓는 '탕국'을 떠올린다. 일본식 미소가 들어가지 않는 것을 제외하고는 닮아도 너무 닮았다고 생각한다. 겨울철에 김이 모락모락 피어오르는 돈지루는 식욕을 북돋아 줄 뿐 아니라 각종 야채와 고기, 된장이 들어 있어 기력을 회복하는 데도 좋다. 많이 끓여 놓아도 별문제 없고, 식었다 다시 끓여도 문제없으니 겨울철 방문하는 고객에게 서비스로 한 그릇씩 제공해도 좋을 것이다. 이 같은 돈지루는 소울푸드로도, 식당의 즈키다시로도 전혀 손색이 없다. 돈지루, 맛있고 정말 든든하다.

(2021년 1월 7일)

호사다마

가게에 방문하는 손님이 제법 많아졌다. 어느새 가게 문의 풍경 소리가 흥겨워졌다가, 손님이 밀어닥치면 그 소리가 부담스러워지기까지 했다. 정말 행복한 순간이었다. 가게 문을 열기도 전에 문을 밀고 들어오는 고객이 생기기도 했고, 어떤 때는 예약 손님이 너무

많아 만석이라 거절하기도 했다. 또 어떤 때는 문을 열자마자 '만석' 딱지를 문 앞에 붙이기도 했다. 코로나 시절을 생각하면 격세지감이며 내게도 이런 식의 성황이 올 것이라고는 꿈에도 생각하지 못했다. 주변 사람들은 이제 사람을 고용하거나 가게를 좀 더 큰 곳으로 옮겨야 할 시점이 아니냐고 격려해 주었다. 물론 투자를 하고 싶다고 암시를 주는 분도 있었다. 어깨가 으쓱해지는 이야기였지만, 그런 즐거움은 오래 가지 않았다.

며칠간 주방 배수 문제로 휴업해야 했기 때문이다. 어제 오전 동아일보에 우리 가게가 소개되어 그동안의 수고가 보상받은 기분이라 즐거웠다. 좀 더 다양하고 맛있는 메뉴로 보답해야겠다고 다짐하기도 했다. 그러나 아침 일찍 가게에 나가 하루를 시작하던 중, 이미 몇 번이나 막혔던 배수구가 또 막혀 버렸다. 가게 건물 구조를 잘 안다는 설비업자를 관리소장으로부터 소개받아 해결을 맡겼으나 몇 번 시도하고는 자신의 능력 밖이라면서 떠나 버렸다. 뚫는 과정에서 배수구는 더 막혀 옆집 커피숍의 하수까지 우리 가게 주방 바닥으로 역류하기 시작했다.

이전에 몇 번 우리 가게 배수구 문제를 해결했던 설비업자에게 연락했고, 그는 바쁜 와중이었지만 그간의 친분 때문에 멀리서 달려와 주었다. 하지만 수리 도중에 지하 배수관을 터뜨려 지하에 있던 마스크 공장이 엉망이 되고 말았다. 터진 구멍을 막기 위해 사다리에 오른 설비업자를 돕기 위해 사다리를 잡고 있었는데, 수리 도중 터진 구멍에서 쏟아져 내리는 오물을 머리끝부터 발끝까지 덮어쓰고 말았다. 하지만 사다리를 놓고 피할 순 없는 노릇. 그때까지 먼 발치에서 보고 있던 젊은 직원들이 그런 모습을 보고는 도와주기 시작했고, 함께 몇 시간에 걸쳐 청소를 마쳤다.

앞으로 어떻게 해야 할지 막막했다. 오래된 건물이라 지하배수구가 또 파열될까 기존의 방법을 사용할 수 없고, 그렇다고 상가 건물주들이 모여 노후화된 지하 배수관을 교체해 주길 기대하는 것도 난망했다. 가게 열고는 최대 위기를 맞은 듯했다. 어떻게든 해결되

겠지만 당시에는 답답하기만 했다. 신문에 게재된 덕분에 예약고
객이 많았는데 말이다. (2021년 10월 30일)

재계약

자영업자 대부분이 처음 개업할 때 대부분 2년 계약을 한다. 이후
초기 자영업의 여러 문제를 극복하고 재계약한다면, 한 단계 도약
을 꿈꾼다. 이런 재계약 과정을 반복하면서 점차 안정된 자영업, 나
아가 노포로 진입하게 된다. 이는 모든 자영업자의 꿈이기도 하다.
나 역시 그런 꿈을 꾸고 있었지만, 이곳 상가에서 계속 영업하는 건
여러 이유로 무모하다고 판단했다. 그러나 아직 이전 준비가 돼 있
지 않았고, 우리 가게의 브랜드 가치를 조금 더 높여야 할 시점이라
고 판단했기에 1년 더 재계약했다. 하지만 배수로는 계속해서 말썽
을 부렸고 상수도 역시 혹한을 맞으면서 동파되기 일쑤였다.
더 이상 이런 환경에서는 영업을 계속할 수 없으니, 상수도와 하수
도 시설을 개선해 주든지 아니면 계약 기간 1년을 6개월로 줄여 줄
것을 임대인에게 요구했다. 하지만 임대 사업의 속성상, 시설 개선
도 해 주지 않을 것이며 계약 기간도 줄여 줄 것 같지 않았다. 임대
인이 계약 유지를 주장한다면 나는 2022년 10월까지 영업을 해야

243

했다. 한번 마음이 떠나니 어쩌면 이게 나의 마지막 도전과제가 아닐까 하는 생각과 아직 더 할 수 있다는, 이제 막 궤도에 올랐으니 좀 더 해서 그간 고생했던 것을 수입으로라도 만회해야 한다는 생각이 교차하기 시작했다. 임대인이 나의 제안을 거부하길, 한편으론 나의 제안을 수용하길 바라면서 하루에도 몇 번씩 번민했다.

마침내 임대인은 시설 개선 대신 계약 기간 축소로 결정을 내렸다. 그리고 자신도 노력하겠지만 새 임차인을 빨리 구하는 데 협조해 달라고 내게 이야기했다. 임대인 또한 이 상가를 분양받았고 자신도 한때 이곳에서 요식업을 했던 경험이 있기에, 시설 개선이 쉽지 않고 비용도 엄청나게 많이 든다는 사실을 너무나 잘 알고 있었을 것이다. 어쩌면 이런 이유로 그러한 결론을 내린 게 아닌가 생각되었다. 2022년 3월 말이 되면 나는 이곳을 떠나야 했고, 그 이후 나의 미래는 불확실했다. (2021년 10월 30일)

맛집과 단골집

오늘 새벽 세현 작가의 웹툰《여기서 한잔할래?》45화에 다시금 우리 가게 '오뎅 모듬'이 소개되었다. 42화에 돼지고기 된장절임이 소개된 이래 연속된 소개라, 세현 작가에 대한 감사한 마음을 느끼는 한편 걱정스러운 마음이 밀려들어 왔다. 우리 가게의 구조와 운영 방침 때문이었다. 식당을 새로이 열면서 자신의 가게가 유명 맛집이 되길 바라지 않는 사람이 어디 있겠는가. 대부분의 식당이 블로그, 인스타, 홈페이지 등등을 적극적으로 활용하거나 광고 대행 업체, 심지어 맛집 전문 블로거에 의존하고 있었다. 나도 매일 한 번 이상 가게를 홍보해 주겠다는 업체로부터 전화를 받았다. 하지만 나는 그것이 번거롭게 여겨져 요즘은 '010'으로 시작하는 번호 이외에는 전화를 받지 않는다. 어쨌든 스스로의 힘으로 해 보고 싶었기 때문이다.

사실 나는 우리 가게가 유명 맛집이 되길 원하지 않는다. 6시 퇴근

길에 들러 생맥주 한잔에 하루의 피로를 푼다는 가구 전시장 매니저 미세스 신, 내가 주는 건 불평하지 않고 뭐든 잘 먹는 스포츠티비의 서 기자, 생선구이만 있으면 생맥주 두 잔에 만족하는 동갑내기 조 사장 부부, 마감 직전 들러 급하게 보리소주만 마시고 횅하니 사라지는 한의사 닥터 권, 그리고 부부 동반으로 매주 한 번 들르려 노력한다는 김 변호사를 비롯한 단골들이 한 주만 오지 않아도 뭔 일이 있나 걱정을 한다. 물론 어렵게 검색해서 방문한 젊은 부부나 연인 중에는 단골 아닌 단골이 되어 부정기적으로 들르는 분들이 많다. 나는 그들의 단골집이 되는 것만으로도 즐거웠다.

맛집이 되려면 우선 갖추어야 할 것이 있다. 메뉴가 표준화되어 주

방에서 누가 만들어도 같은 맛을 내어야 하고 적어도 요리사와 서빙 하는 이가 별도로 있어야 한다. 또 제법 많은 좌석을 갖추어 밀려드는 방문객을 소화할 수 있어야 하며 예약 시스템도 완비되어 있어야 할 것이다. 게다가 적극적인 SNS 활동으로 가게 홍보에 힘써야 할 것이며 가능하다면 프렌차이즈화도 고려해야 한다. 하지만 우리 가게는 오너셰프 1인 식당이라 이런 조건의 맛집과는 무관했고 어느 고객의 지적처럼 가게도 생뚱맞은 곳에 있었다. 더구나 나는 오랜 경력의 전문 요리사도 아니었다.

초반에 나는 짧으면 3년, 길면 5년을 목표로 가게를 열었다. 공직에서 퇴임하고 이 가게를 열 때 가족, 친지, 친구, 선후배 모두 말렸지만 누구도 나의 고집을 꺾지 못했다. 특히 아내에게는 그동안의 준비가 아쉬워 이걸 하지 않고는 눈을 감지 못하겠다며 사정사정해 겨우 동의를 받은 것이다. 가게 열자마자 코로나가 발생했고, 계약 기간 2년이 지나 6개월 연장하면서 내년 3월이면 임대 계약이 만료된다. 어떻게 마무리해야 할지 아무런 계획도 없는 상황에서 웹툰에 그려진 우리 가게를 보니 마음이 괜스레 쓸쓸하고 어수선했다. 이제 가게 미래에 대한 이야기를 밝히지 않을 도리가 없겠다고 생각했다. 물론 이전하거나 재창업할 계획은 없다. 하지만 내심 그간의 경험과 기술을 누군가에 전수해 '동락'의 명맥을 이었으면

좋겠다는 바람이 있었다. 가능하다면! (2021년 10월 30일)

엎친 데 덮친 격

또다시 수도관이 얼어 이번에는 기본적인 급수뿐만 아니라 온수도 나오지 않게 되자, 나는 점점 가게 운영에 회의를 느끼기 시작했다. 이게 그만두라는 신호인가? 폐업하기로 마음먹었다면 3월까지 연장하는 게 무슨 의미가 있을까? 눈앞이 조금 캄캄했지만 애써마음을 진정하려고 노력했다. 그래도 아직 가게 문을 열고 있는 이상, 문을 닫는 마지막 순간까지 할 일을 다 해야 한다고 생각했다. (2021년 10월 30일)

가족

아침 기온 영하 16℃의 칼바람을 헤치고 가게에 도착해 온수를 틀었더니만 감감무소식이다. 어제부터 실내 온도를 16℃에 맞춰 난방도 해 두었고, 수도는 중간 온도에 맞춰 졸졸 흘려 놓았고, 이도 미덥지 않아 온수보일러까지 틀어 놓았는데……. 이제 한 달이면 문을 닫는데 큰일이다. 지난 1월에도 온수 파이프가 얼어 기존의

벽체 속 온수 라인을 포기하고 실내로 바이패스 하는 라인을 신설해 위기를 넘겼건만……

오늘은 두부완자를 마지막으로 만드는 날이라 일요일 아침 예배를 빼먹고 가게로 왔다. 아내, 며느리, 손자더러 예배 마치고 가게로 오면 두부완자 작업이 거의 끝나 있을 테니 햄버거를 사서 같이 먹자고 했다. 하지만 온수가 또 말썽을 부려 모든 게 엉망이 되고 말았다. 전화번호를 알고 있는 몇몇 업자에게 연락해 보았으나 모두들 휴일이라 불가하다고 했다. 그래서 네이버에 검색해서 한 업자를 찾아 연락했더니, 의외로 부드러운 음성으로 이래저래 해 보라는 친절한 조언을 아낌없이 해 주어 감사했다.

하지만 나는 그런 방식으론 불가할 것 같으니 출장이 가능하면 즉시 와 달라고 했다. 얼마 지나지 않아 도착한 그는 이전 업자들처럼 기존 파이프에 고압 스팀을 가해 녹이는 방법을 시도했다. 그러다 결국 내 예상대로 지난번같이 파이패스 방법을 썼는데, 다른 점이 있다면 지난번은 온수보일러에서 온수가 나오는 라인이었지만 이번은 냉수가 들어가는 라인이란 점이었다. 쉽게 해결하였지만 출장비에 자재비에 수고비 등으로 제법 많은 비용을 지불하고 말았다. 하지만 일요일에 출장 나와 깔끔하게 수리해 준 그 사장님께 고마운 마음을 다시 한번 전한다.

사 온 햄버거 같이 먹고는 아내와 며느리에게 두부완자 성형을 도와 달라고 했다. 손자 녀석도 돕겠다고 나서 아주 빠르게 해결할 수 있었다. 오늘 만든 두부완자 100개면 폐업 일까지 견딜 수 있을 것 같았다. 이제 오뎅 무, 시메사바, 돼지목심 된장절임, 가라아게도 몇 번 더 만들면 끝이 날 것이다. 점점 몸 곳곳에서 이상 신호가 오고 있었다. 특히 아침이면 주먹이 쥐어지지 않을 정도로 지쳐 있지만, 곁에서 힘이 되어 주는 가족을 떠올리면 조금이나마 힘이 나는 듯했다. (2021년 12월 26일)

취미로 음식을 하기에는 너무 진지하셔서 설마했습니다. 아버지께서 국립대학교 교수를 명퇴하시고 식당을 오픈하실 줄 몰랐습니다. 당시 저는 업무 강도가 다소 있는 부서에 발령을 받아서 몇 주 뒤에나 식당에 가 볼 수 있었습니다. 식당 앞에 주차하고 창문 너머로 요리사 복장을 하고 음식을 만드시는 아버지의 모습이 얼마나 낯설었는지 모릅니다. 제가 어린 시절부터 기억하는 아버지는 아침 일찍 일어나 신문을 보고 넥타이를 매고 출근하는 모습이었으니까요. 아버지가 식당에서 음식을 만드시는 모습, 어머니께서 손님께 음식을 서빙하는 모습을 보니 저도 모르게 눈물이 핑 돌았습니다. 제 일상으로 돌아온 뒤로도 아버지 식당이 염려되었고 코로나 시국인 만큼 손님이 적어 아버지께서 실망하지 않을까 걱정했습니다.

2주 뒤 다시 식당에 찾았던 저는 깜짝 놀랐습니다. 제 걱정과는 달리 가게에 자리가 없어서 아쉬운 표정으로 돌아가는 손님이 있을 정도로 식당은 입소문으로 유명해져 사람이 끊이질 않았습니다. 매출도 오르고 보람을 느끼는 부모님의 모습에 저는 기뻤습니다. 동락은 부모님의 열정을 경험할 수 있는 곳이었고, 영업 시간이 끝나면 동락이란 이름처럼 가족이 옹기종기 모이는 공간이었습니다. 이제는 새로운 사장님이 운영하고 있지만, 제게 동락은 여전히 아버지가 지키시던 '동락'입니다. 다음에는 아버지와 둘이서 가 보고 싶습니다. 따뜻한 요리를 나누어 먹으며 이야기꽃을 피웠던 시절처럼.

작은아들 손제욱

'동락 시즌1
: 오너셰프 Mr. SON'은 여기까지

고민 끝에 〈동락〉의 폐업을 결정했다. 폐업 예정일은 2022년 3월 이다. 가게를 연 지 세 달쯤 지난 2019년 12월 어느 날, '나카무라 아카데미' 요리 수련 시절 일본인 선생님이 격려차 가게에 오셨다. 두 가지 이야기가 기억난다.

하나는 '돼지목심 된장절임'은 지금 당장 일본에서도 통할 맛이라 며 칭찬해 주셨던 일이다. 그간 제법 많은 메뉴가 생겼다가 사라졌 지만 이 메뉴는 초기 메뉴로는 유일하게 지금까지 살아남았고, 세 현 씨의 네이버 웹툰 《여기서 한잔할래?》와 동아일보 석창인 박사 칼럼 《오늘 뭐 먹지?》에서도 호평을 받은 바 있다. 일본 어느 요리 동호회가 발간한 책자에서 우연히 본 레시피인데, 시행착오를 거듭한 끝에 나름의 레시피가 완성되었다. 이 덕분에 많은 손님이 방문해 주시고 있다. 고객들의 음식 취향은 다양하지만 어느 정도 공감하는 맛도 있나 보다.

다른 하나는 카운터석(일명 닷지)만 만들어 놓지 왜 테이블을, 그것도 두 개나 두었냐는 것이었다. 처음에는 선생님이 일본인이라 한국인의 술 문화와 소비 패턴을 모르시고 하는 말이라 흘려들었다. 물론 식당 일이 얼마나 고된 일인지 모르고 의욕만 앞선 데다가, 고가의 술과 안주를 제공할 자신도 능력도 없었던 게 또 다른 이유였다. 게다가 가게 입지도 그런 가게가 지속 가능할 만큼 좋은 것도 아니었다. 코로나 시국 덕분(?)에 영업시간도 짧고 고객 수도 많지 않았을 때는 테이블이 두 개뿐이어도 별문제가 되지 않았다. 하지만 최근 고객이 증가하고 영업시간이 연장되면서, 예순 후반 노인의 체력으론 음식 준비와 고객의 요구 및 서빙을 점점 감당할 수 없게 되었다.

음식 준비와 서빙 등을 도와줄 사람을 채용해 당면한 문제를 해결할 수 있었을 것이다. 아니면 테이블석을 없애 노동 강도를 줄여 현재의 패턴을 이어 갈 수 있었을 거다. 하지만 아무리 일거리가 필요한 노인이라고 해도 노동에 대한 적절한 보상과 투자에 대한 적절한 이윤이 보장되지 않는다면 더 이상 가게를 운영한다는 건 현실

적이지 않다는 결론에 이르게 되었다. 여기에는 '쉬는 것이 어떠냐'
라는 가족들의 무언의 압박도 작용했으며, 최근 들어 몸 여기저기
서 이상 신호가 감지되고 있기 때문이기도 했다. 물론 처음부터 내
나이 등을 고려해 짧게는 3년, 길게는 5년이라 작정하고 시작한 일
이기에 준비 및 경험 부족으로 조금 일찍 접게 되었을 뿐이다.

〈동락〉을 정리하는 방법이 몇 가지 있을 것 같다. 우선 확률이 가
장 높은 것일 텐데, 폐업 예정일까지 아무런 제안이 없다면 각종 집
기류와 시설은 중고수집상에게 염가로 팔릴 것이고, 매장과 주방
은 완전히 철거해 원상 복구된 상태로 임대인에게 되돌려주는 것이
다. 다른 하나는 현 장소에서 누군가 동락 시스템을 그대로 인수

해 오뎅 전문점 동락을 계속 이어 가거나, 시설만 그대로 이어받아 예를 들어 스시 가게로 전환할 수도 있을 것이다. 또 다른 하나는 누군가가 동락 시스템만 인수하여 다른 곳에 재개업하는 방법이다. 가게 규모를 완전히 줄여 완벽한 1인 오너셰프 식당으로 재탄생하거나, 아니면 가게 규모와 메뉴도 늘여 본격적인 오뎅 기반 선술집을 여는 것. 어느 경우든 내가 도울 일이 있으면 적극 도울 생각이다.

한편으로는 아쉬웠다. 그동안 알파에서 오메가까지 식당의 모든 일을 온몸으로 감당하면서 짧은 기간 알찬 경험을 했다. 이를 바탕으로 새로운 도전을 해 보고 싶은 욕심도 있으나, 일단은 몸을 추스르는 게 먼저라는 생각이 들었다. 그다음 시간을 들여 내가 할 수 있는 일을 다시 찾아야지. (2021년 11월 7일)

가게 정리

폐업하기로 결정한 이상 이렇게 벌여 놓은 가게를 어떻게 정리할까가 문제였다. 사실 정리하는 것도 개업하는 것 못지않게 어려운 일이었다. 아무리 작은 가게라 할지라도 설비는 기본이며 조리 도구와 각종 그릇과 술잔은 말할 것도 없고 전기, 수도, 인터넷,

CCTV 등 정리해야 할 일이 개업 때와 마찬가지로 기다리고 있었다. 이 모든 것 하나하나에 그간의 추억과 시련이 묻어 있었다. 하지만 폐업을 하면 모두 쓰레기로 버려야 한다. 냉장고와 냉동고, 에어컨이 아직 쓸 만해도 그것 역시 고철 가격으로 고물업체나 중고업체에 팔 수밖에 없다. 가게 정리를 예상하면서 나는 문득 슬퍼져 또다시 영업을 계속하는 것이 어떨지 고민했다.

폐업한다면 진정 아무것도 남지 않는가? 곰곰이 생각해 보니 사실 남는 것은 하나도 없었다. 하지만 한 가지 예외가 있다면, '돼지고기 된장절임'이었다. 요리 실력이라 할 것도 없지만, 우리 가게를 이제까지라도 유지할 수 있었던, 그리고 우리 가게의 자랑거리였던 '돼지고기 된장절임' 레시피만은 가까운 이에게 (물론 원한다면) 알려 주고 싶다는 생각이 들었다. 그러다 보니 혹시 우리 가게를 그대로 인수할 사람이 있다면 그대로 인계해도 좋겠다는 생각이 더욱 간절하게 몰려왔다.

레시피 전수

원재료를 저렴하게 공급받을 수 있다는 이유로, 아니면 어쩌다 얻게 된 비전의 레시피 하나에 의지해 식당을 여는 친구들이 있다. 그 레시피는 '전가의 보도'처럼 극비리 전해지며 그래서 레시피를 사고판다는 이야기도 들렸다. 또 오랜 세월을 거치며 완성된 노포의 레시피 핵심 과정은 '며느리에게도 알려 주지 않는다'라면서 비밀스럽게 전해진다고 한다. 비법 양념, 비법 육수, 비법 레시피 하면서 마치 요리 세계가 무림의 그것처럼 신비화되기도 한다. 대개의 요리 레시피는 피아노 악보처럼 공개되어 있다. 하지만 같은 악보라도 피아니스트에 따라 연주가 달라지듯이, 재료의 전처리 과정, 레시피 이해 능력, 조리의 능숙도 등 요리사 능력에 따라 해 놓은 음식의 맛과 모양이 달라진다.

오늘은 일주일 전부터 만들기 시작한 '돼지목심 된장절임'을 진공 패킹해 냉장고에 넣었다. 조만간 가게 문을 닫을 예정이라 앞으로 몇 번이나 더 만들게 될까? 이런저런 생각을 하면서 그간의 세월에 잠시 상념에 잠겼다. 이제 레시피는 제법 안정되었지만, 집에서 소량으로 만들 때와는 달리 개업 초창기 염장, 삶기, 양념 절이기, 패킹 등에서 조리 도구도 작업 시간도 각종 조미료 양도 달라져 애를 먹었다. 게다가 만드는 데 일주일가량 걸리니 재고 관리가 힘들었지만, 그렇다고 매출과 냉장고 사정, 보존기간 때문에 무작정 만들

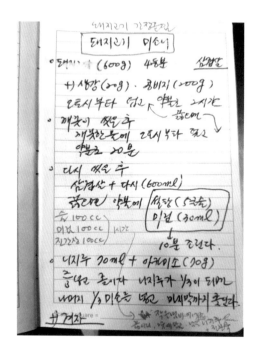

어 놓을 수도 없었다. 그래서 냉장고 속 고기 담는 상자가 그득하면 부자가 된 기분이었다. 그게 비기 시작하면 초조해졌다. 우리 가게가 가진 몇 되지 않는 경쟁력의 하나는 단연코 이 메뉴다. 물론 내 나이와 아내의 은발도. 이제 가게를 정리하는 마당에 누군가에게 전해 줘도 괜찮겠다는 생각에 오래전부터 이 요리를 배우겠다는 개업 중인 학원 동기에게 전수하기로 했다. 물론 어떤 대가도 받지 않았다.

나는 그동안 이 요리 세계에 들어서면서 많은 젊은 친구들을 만났다. 학원에서 만난 친구들은 나를 여러 가지 호칭으로 불렀다. 대개 나이 차가 20살보다 적게 나면 형님, 그보다 많으면 큰형님, 또는 나의 이전 직업에 따라 교수님이라 불러 주었다. 그중에는 우리 큰아이보다 어린 친구도 있었지만 상관없었다. 우린 객지 친구이자 요리업계 동료였으니까. 한편 가게 근처의 오너셰프들은 대개 나를 사장님이라 부른다. 사실 그게 가장 듣기 좋고, 원하는 바였다.

레시피를 배우고 싶다고 한 그 친구는 나와 각별한 사이다. 지금도 일주일에 한 번 정도 전화하면서 서로를 격려하고 있다. 학원 동기로 40대 후반인데, 한때 외국계 대형컴퓨터 회사에서 영업을 담당하던 직원이었다. 잘생긴 외모에 건장한 체격으로 남자로서의 매력도 상당하지만 1년의 수련 과정을 묵묵히 견디면서 제법 훌륭한 요리사로 변신하였다. 우리는 개업 직전 일본으로 요리 여행을 떠났는데, 나는 주로 오뎅, 그 친구는 야키도리에 주목했다. 결국 나는 오금동에 오뎅 전문점을 열었고, 그는 문정동 법조타운에 '카마도'라는 야키도리 기반의 선술집을 열었다. 우리 모두 코로나로 고전하기도 했지만, 문정동 카마도는 이제 자리를 잡아 성업 중이다. 나의 레시피가 그의 가게에 보탬이 되었으면 좋겠다. (2021년 12월 12일)

영업 종료

기대와는 다르게 우리 가게를 인수하고 싶어 하는 사람이 나타나지 않았다. 아쉬운 마음을 뒤로하고 나는 폐업을 결심했다. 모든 것을 버리고, 실내 인테리어는 완전히 뜯어 원상 복구하기로 마음먹었다. 그 많은 조리 도구와 집기 중에서 무얼 챙겨 집에 가져갈까 생각하니 문득 울컥했다. 뜨거운 뭔가가 올라왔고 나도 모르게 한 줄기 눈물을 흘렸다. 다시 집으로 돌아간다면, 이후 기나긴 노년의 삶을 어떻게 이어 가면 좋을까? 일을 내려놓는다는 후련함도 잠시. 그동안 애써 모른 척했던 문제들이 자꾸만 마음을 무겁게 했다. 그런 와중에 갑자기 한 사람이 생각났다. 미리 이야기하자면 그는 현재 〈동락〉 사장님이다. 당시 그에게 우리 가게 사정을 이야기했더니, 자기가 지금 경기도 어느 시에서 제안한 공동주방 창업사업에 응모했는데 그 결과를 기다리고 있다고 대답했다. 조만간 결과가 발표되는데, 그 결과와 함께 나의 제안을 고심해 보겠다고 했다. 신중한 그의 태도에 나는 '아 글렀구나' 생각하며 마음을 내려놓았다. 하지만 며칠 후 그가 해 보겠다며 가게를 찾아왔다. 이후 인수인계는 일사천리로 진행되었고, 나는 예상보다 2개월 더 빨리 가게를 닫게 되었다.

회상

마지막 주 내방객 수를 막대 그래프에 그려 넣으면서 2021년을 마감했고, 오늘 2022년 1월 7일자로 오뎅전문점 동락(시즌 1: 오너셰프 Mr. SON)의 영업을 종료한다.

나는 2019년 9월 말 현재의 가게를 계약하고는 10월 중순까지 인테리어를 마치고 11월부터 본격적인 영업을 시작했다. 2년 3개월이 조금 넘는 짧다면 짧고 기다면 긴 시간이 흘렀지만, 막상 지나고 나니 꿈만 같다. 방송 프로그램 〈체험 삶의 현장〉처럼 연예인들이 단기간에 노동 현장을 체험하는 수준이 아니라, 임대료를 내고

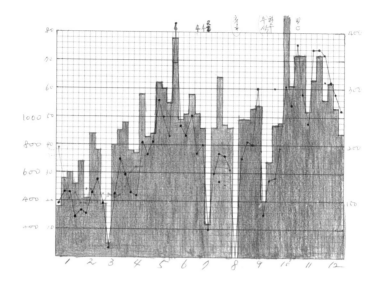

망하지 않으려고, 게다가 이윤까지 내려고 몸부림치는 실제 생업의 현장이었다. 수도 동파나 하수구 막힘 정도는 그나마 해결 가능한 사건이었으나, 지금도 끝나지 않은 코로나 사태는 한때 나를 궁지로 몰아넣는 듯했다. 하지만 가족과 주변 동료들 그리고 여러 고객들의 성원 덕분에 큰 탈 없이 새로운 도전을 마무리할 수 있었다. 그저 감사할 따름이다.

나는 지리학을 가르치는 지방 국립대학 교수로 33년을 재직했고, 정년 5년을 앞두고 명퇴를 했다. 제국을 경험하지 못한 국가에서 지리학은 사회로부터 큰 반향을 얻지 못했고, 타성에 젖은 학문 세계는 나를 좌절케 했다. 좌절이 분노로, 분노는 다시 열정으로 이어지면서, 명퇴하던 그날까지 책을 놓지 않고 나름 최선을 다했다. 하지만 애정 없는 열정만으로는 더 이상 교수직의 무게를 이겨 낼 수 없었다.

결국 나는 퇴임 후 서울로 이사를 왔다. 캠퍼스 울타리의 보호, 전 교직원의 협조, 학점과 학위라는 전가의 보도도 사라졌다. 어느 누구도 내 지식과 경험을 살 것 같지 않았고, 또 그걸 팔겠다며 나설 뻔뻔함도 없었다. 거울에 비친 내 모습은 마치 서울 한복판에 내버려진 어린애 같았다. 나는 새로운 일거리를 찾을 필요를 느꼈고, 그 귀결이 바로 요리사였다. 대학 재직 시절에도 '난 예순이 되면 퇴직할 것이며, 퇴직하면 식당을 열 것'이라 공공연히 떠들고 다녔다. 요리사라는 직업에 대한 그 어떤 매력, 아니 섣부르고 막연한 기대를 품고 있었던 시기였다.

요리사가 된다면 당연히 일식 요리사였다. 어릴 적부터 일본 음식에 익숙한 데다 그간 독서와 여행으로 일본의 문화와 역사에 나름 일가견을 갖고 있었고, 다양한 식재료를 사용하면서 정갈하게 내놓는 일식 요리가 좋았다. 아무 망설임 없이 나카무라 아카데미 초급 6개월 과정에 등록해 수료했으나 요리사가 되는 길을 멀기만 했다. 학원 동료들은 계약직으로 유명 식당에 취업하곤 했지만, 젊은

이도 힘들어 몇 달 견지지 못하는 주방에서 나같이 60대 은퇴자를 받아 줄 것 같지 않았다. 개업하지 않고는 결코 요리사가 될 수 없었기에 무턱대고 개업할 수밖에 없는 상황에 빠지고 말았다. 식당 개업만을 위한 일본 여행을 몇 차례 다녀오기도 했다. 아내는 "개업하지 않으면 죽어도 눈을 감지 못할 것 같아, 후회할 게 뻔한데도 개업에 동의할 수밖에 없었다"라고 지금도 되뇌곤 한다. 몇몇 젊은 이와의 동업도 고민해 보았고, 실제로 성사 직전까지 갔지만 무산되고 말았다. 결국 처음 계획과는 다르게 1인 식당이라는, 일본 드라마〈심야식당〉과 비슷한 콘셉트로〈동락〉을 꾸리게 되었다.

계약 후 식당은 단지 먹고 즐기던 유쾌한 공간이 아니라 뭔가를 만

들어 팔아야 하는 삶의 현장으로 바뀌었지만, 아직 내 생각과 몸은 거기에 전혀 적응하지 못하고 있었다. 생각이야 어떻게든 바꾸어 볼 수 있지만, 몸으로 견뎌야 하는 일이기에 우선 가게 청소부터 시작했다. 먼젓번 가게는 할머니 두 분이 운영하던 김밥집으로 무려 8년 동안 한자리를 지켜 낸 동네 노포 중 하나였다. 가게가 어떻게 운영되고 어디서 문제가 생기는지를 알기 위해 이전 사장님께 필요한 것 챙기시고 나머지는 모두 내가 치우겠다고 했다. 구석구석 쌓인 세월의 무게만큼이나 혼신을 다한 두 분의 노력을 확인할 수 있었고, 요식업의 고단함도 느낄 수 있었다. 이후 나는 인테리어 공사 24일 동안 하루도 쉬지 않고 잠시도 한눈팔지 않고 작업 현장을 지켜봤다. 왠지 그래야만 할 것 같았다. (2022년 1월 7일)

동락을 만들어 준 순간들

1인 식당에서는 구매, 조리, 청소, 서빙, 회계, 홍보, 모두를 오롯이 혼자서 해내야 한다. 아무리 강골이라고 해도 60대 노인, 그것도 이전 책상물림으로는 어림도 없는 고강도 노동이다. 흔히들 운동은 근육으로 하지만 노동은 인대로 한다고 한다. 젊은 시절부터 노동으로 단련된 인대는 돌처럼 단단해 웬만한 충격에도 강했고 덜

265

느껴 오랜 시간 일하는 데 제격이었다. 나는 전형적인 오른손잡이로 왼손이 약한 편이다. 요리는 두 손으로 하는 작업이라, 무거운 물건을 든다든지 행주를 짠다든지 서로 다른 작업을 동시에 할 경우 약한 고리인 왼손을 다칠 수밖에 없다. 해서 2년 3개월 동안 왼손 가운데 손가락이 펴지지 않고 심한 통증이 동반되는 '방아쇠 증후군'으로 고생을 했다. 이를 치료하느라 몇 번이나 스테로이드 성 주사를 환부에 직접 맞았다. 아주 아팠다. 덕분에 오른손에 부하가 가중되어, 아침에 일어나면 주먹을 쥐기 힘들 정도였다. 아침에 일어나면 어린아이처럼 양손 잼잼을 100번가량 했다. 은근 효과가 좋았다.

고객 중 많은 이들이 '왜 사람을 쓰지 않느냐'고 지적했다. 솔직히 말하면 코로나 시국에 인건비를 감당하면서 가게를 운영해 나갈 자신이 없었다. 게다가 요리 능력, 자본력, 체력 등의 한계도 또 다른 이유였다. 버텨야 하고 피해도 적어야 하며 언제든지 빠져나와야 하니, 1인 식당의 형태로 출발할 수밖에 없었다. 다시 말해 투자를 매몰 비용으로 생각해야지, 그렇지 않으면 인생이 매몰될 수 있다고 판단한 것이다. 하지만 지금 와서 생각하면 가게 규모를 더 줄여 완벽한 1인 식당 체제로 운영하거나, 아니면 조금 더 넓은 식당에서 한 사람이라도 고용해 본격적인 식당으로 운영했어야 했다. 하지만 종료 몇 달 전부터 우리 가게가 몇몇 유명 인스타그래머들에 의해 소개되면서 단골집과 맛집의 의미가 혼재된 채 다양한 고객들이 내방하게 되었다. 이제 나의 능력으로는 이 가게 시스템과 고객 접대를 더 이상 감당할 수 없다는 결론에 이르렀다. 솔직히 말해 조금 버거웠던 것 같다.

실제로 가게 문을 여는 데 결정적인 도움을 주신 분이 적지 않다. 가장 기억에 남는 분이 셋 있다. 한 분은 한창훈 씨인데, 그는 학원 동기로 파주에서 강남까지 학원을 다니면서 이자카야를 운영하고 있었다. 신혼에 첫아이까지 얻으면서 매일 그 먼 거리를 왕복하며 고군분투했으나, 파주라는 입지의 한계로 가게를 접고 말았다. 나

웹툰 《여기서 한잔할래?》 45화

는 〈동락〉를 열기 전 그의 가게를 4번 방문했다. 모든 게 처음인 나로서는 다른 사람의 주방을 구경하지 않고는 가게를 연다는 걸 상상할 수 없어, 염치 불고하고 그에게 매달려 그의 주방과 주방에서 작업하는 모습을 볼 수 있었다.

다른 한 분은 가게 근처 가락동에서 〈옥돌현옥〉이라는 자기 브랜드로 정통 평양냉면을 직접 말고 있는 사장님이다. 처음에는 고객과 업주로 만났지만 점점 친해져 개인사까지 이야기하는 사이가 되었다. 사장님 역시 처음엔 나의 개업을 반대했지만, 내 의지가 굳은 걸 이해하시고는 적극 도와주셨다. 업소용 술을 어떻게 구입하는지, 음식 쓰레기와 폐식용유는 어떻게 처리하는지, 포스기로 불리는 매장 계산대는 어떻게 설치하는지, 그 이외 식당에서 일어날 수 있는 거의 모든 사항을 물어보는 대로 싫은 내색하지 않고 정말 친절하게 안내해 주셨다. 두 분의 도움이 없었다면 아마 나의 새로운 도전은 상상 속에서 좌절하고 말지 않았을까? 언제나 두 분의 건승을 빈다.

마지막으로 세현 씨에게 감사드린다. 그는 네이버 베스트도전에 인기리 연재되고 있는 《여기서 한잔할래?》의 웹툰 작가다. 그녀의 웹툰 42번째 이야기에 '돼지고기 된장절임'이, 그리고 45번째 이야기에 '모듬 오뎅'이 소개되면서 우리 가게는 일약 맛집으로 등극(?)하게 되었다. 체력적 한계나 경영 악화로 가게를 닫을지도 모른다고 걱정하던 시기였는데 덕분에 힘이 났다. 그 덕에 '만석'이라는 표지를 몇 번이나 가게 문에 붙일 수 있었고, 우리 가게 시스템을 그대로 인수하겠다는 지인을 만날 수 있었다. '동락: 시즌 2'의 오너셰프는 '동락'이라는 옥호를 그대로 쓸 것이며 메뉴도 그대로 유지한 채 자신의 특기인 모듬 사시미 정도만 추가하겠다고 한다. 여기에 거명하지 않았지만, 실제로 신세 진 분은 너무나 많다. 모두에게 감사한 마음을 전한다. (2022년 1월 7일)

새로운 출발 '동락: 시즌 2'

10년 전쯤 1,000명이 넘는 어느 단체의 대표를 뽑는 선거에 직접 나선 적이 있다. 이래라저래라 조언 아닌 조언을 주변에서 많이 했다. 하지만 지든 이기든 모든 책임은 나에게 있고 내 뜻대로 선거운동을 해야, 지더라도 후회가 적을 것이라 생각했다. 하지만 장사는 달랐다. 개업한 지 얼마 지나지 않아 '왜 점심 장사를 하지 않느냐?' 라는 이야기가 주변에서 들여오기 시작했다. 예순이 넘은 무경험자가 가게를 열었으니 걱정해서 하는 이야기도 있지만, 당시 신경이 곤두섰던 내게는 어쩐지 '열심히 하지 않는다'라는 이야기로 들렸고 '취미 삼아 가게를 연 것이냐'라는 비아냥거림처럼 느껴졌다.

작은아들(좌)과 양정우 셰프(우)

어쩌다 알게 된 아주머니 한 분을 고용해 점심 장사를 시작했지만, 결국 4개월 만에 백기를 들었다. 한정된 동네 고객을 두고 벌어지는 무한 경쟁에서 지고 말았다. 패배를 솔직히 인정하고 저녁 장사에 몰두하고자 했지만, 이번에는 코로나로 인한 영업시간 제한이 또 발목을 잡았다.

점심에 이어 이번에는 '왜 5일만 장사를 하느냐', '주택가라 주말 장사도 괜찮은데', '그래 가지고 임대료나 내겠느냐' 등 여러 이야기도 들려왔지만, 1주일 5일 영업을 고수했다. 하루 쉬는 것으로는 도저히 피로가 회복되지 않았고, 주말에 식자재 보충, 재료 손질, 음식 장만을 해두지 않으면 한 주를 보내기 힘들었기 때문이다. 주 메뉴였던 돼지고기 된장절임, 시메사바, 가라아게 모두 원재료를 사 와서 다듬고, 양념하고, 조리하고, 보존하는 모든 과정을 손수 해야 했으니 더욱 그랬다. 나는 종종 오전 9시 반쯤 출근해 두 시간가량 작업을 한 후 집에 가서 점심을 먹거나, 아니면 필요한 자재를 구입하기 위해 가락시장에 가서 거기서 점심을 해결했다. 그리고는 낮잠을 청하고, 오후 3시 반 전후로 가게에 와서는 영업 준비를 했다. 10시, 11시, 12시, 영업 단축에 따라 귀가하는 시간은 달라졌지만, 집에 와서는 맥주 한잔 마시고 대충 씻고는 그대로 곯아떨어졌다.

동분서주, 좌충우돌 1인 식당 셰프의 삶에서 은퇴자 보통의 삶으로 돌아간다. 그간 만나지 못한 친구들도 다시 만나고, 쓰다가 만 책도 마무리할 생각이다. 얼마 지나지 않아 코로나가 물러가고 해외여행이 재개된다면 후쿠오카에 있는 지인과 함께 '규슈 미식여행' 가이드를 할까 계획 중이다. 그것도 체력에 부치면 세계여행을 떠날 생각이다. 운이 좋다면 여행하는 동안 새로운 목표가 생길 수도 있을 것이다. 삶은 늘 예상치 못한 방향으로 흘러가기 일쑤니.

2022년 1월 17일 '동락: 시즌 2'가 다시 문을 연다. 우리 가게를 이어받는 양정우 셰프는 2018년 나카무라 아카데미 동기이자 〈아카

라〉, 〈카마도〉, 〈스시산〉에서 경험을 쌓은 중견 셰프다. 원래 제일기획에서 일하던 실내 디자이너라 미술적 감각도 뛰어나고 손매도 매섭다. 그래서 그런지 사시미 써는 칼질이 예사롭지 않다. '동락: 시즌 2'의 오너셰프, 양정우 씨의 행운을 기원한다

일일이 열거하기에는 무척 많은 분이 다녀가셨다. 하루에 10명만 해도 일주일에 50명, 1년에 2,500명, 그러면 연인원 5,000명이 넘는 분이 와 주셨다. 3,000개가 든 나무젓가락을 세 박스째 쓰고 있으니 그 정도의 규모가 되나 보다. 가게 종료를 앞두고 딱 한 분을 초대했다. 현 선배다. 그는 고교 3년 선배로 태평양화장품에서 일하면서 파리와 홍콩 지점에서 오랜 기간 근무한 국제통이자 만사에 형통하고 인간미까지 넘치는 매력적인 남자다. 그는 늘그막에 시작한 나의 사업이 망할까 염려되어 끝없이 친구와 선후배를 대동하고 가게에 나타나셨다. 친구 한 분 모시고 오라 했더니, 이번에는 와이프랑 오겠다며 약간 겸연쩍어하셨다. 시행착오, 미완성의 음식에도 불구하고 인내해 주시고 격려해 주신 많은 이들의 얼굴이 주마등처럼 스쳐 간다. 바라보기만 해도 힘을 얻을 수 있었고, 힘들 때마다 가족들이 보낸 격려는 내 에너지의 원천이었다. 마지막으로 말없이 내 곁을 지켜준 아내에게 고맙다는 말 전하고 싶다.

(2022년 1월 11일)

손 셰프님의 동락에서 현재 동락 시즌2로 이어지면서 계승한 대표적인 유산이라 하면, 단연코 돼지목심미소절임과 일본식 오뎅이고 그중에서도 간모도키를 빼놓을 수 없습니다. 두 음식 모두 핸드메이드로 직접 만들기에 시간과 노력, 정성 없이는 절대 유지하기 힘든 음식입니다.

손 셰프님이 직접 만들어 보이며 전수해 주시는 자리에서 우스갯소리로 간모도키를 두 개 이상 주문하는 손님이 있으면 화가 치밀어 오를 거라 하신 적이 있습니다. 2년이 넘게 혼자 직접 만들어 보니 왜 그런 농담을 하셨는지 이해가 되더군요.

손 셰프님이 처음 동락을 시작할 때만 해도 간모도키라는 음식은 일반인들 사이에선 그 존재조차 생소한 음식이었고, 심지어 평생 교직자로 종사하신 노교수님이 요리에 대한 집념과 노력으로 이렇게 완성도 높은 간모도키를 만들어 내기까지 얼마나 많은 시행착오와 노력을 갈아 넣었을까 하는 존경심이 들더군요. 현재에는 그래도 일본오뎅 전문점들이 여럿 출현했지만, 동락의 간모도키를 따라갈 만한 퀄리티를 보여 주는 곳은 없다고 생각합니다. 일본오뎅이 생소한 평범한 손님들에게 어쩌면 간모도키는 그저 오뎅다시를 듬뿍 머금은 두부튀김, 생소한 음식 정도로만 느껴질지도 모릅니다. 배경지식을 알 수 없는 손님들에게는 당연한 결과이고, 그 가치를 공감시켜 드리는 것은 저의 몫이라 생각합니다. 그저 음식을 파는 게 아닌 가치를 파는 동락이 되어야겠다고, 다시 한번 다짐해 봅니다.

새로운 동락, 양정우 셰프

부록

우메보시 담기

우메보시梅干し는 일본의 대표적인 절임 반찬으로, 소금만으로 절인 매실에 '아카지소赤じそ(자소엽이 아닌 차즈기)'를 첨가해 향기와 붉은색을 더한다. 우메보시를 우리말로 바꾸면 '말린 매실'쯤 되는데, 절인 매실을 2~3일 햇빛에 말리는 과정이 있어 그런 이름이 붙여진 것이며, 말리면 우메보시의 맛이 더욱 농축되고 소독도 되는 효과가 있다. 우메보시의 장점이 매실 자체의 소화 증진 기능과 시고 짠 매실의 살균 능력이라면, 단점은 바로 그 짠맛, 다시 말해 염분 농도가 너무 높아 성인병의 원인이 된다는 것이 단점이다. 따라서 우리의 젓갈처럼 밥과 잘 어울려 밥반찬으로 먹는 게 기본이며 오니기리에 넣어 먹기도 한다. 더욱이 하얀 쌀밥 한가운데 놓인

우메보시는 일본 국기를 연상시켜 우메보시에 대한 일본인의 사랑은 각별할 수밖에 없다. 우메보시는 무침 요리뿐만 아니라 졸임이나 튀김 반죽의 양념으로 이용되는 등 일본 요리에서 활용도가 아주 높다.

우메보시용 매실은 황매실로 우리나라에서 따는 시기는 장마 직전, 즉 6월 하순이다. 우리 가게에서도 올해 우메보시를 담기 위해 황매실 15kg을 구입했으며, 크기는 프리미엄급으로 1kg에 20알가량 되는 아주 큰 매실이다. 우메보시 담그기는 대체로 '소금 절이기', '아카지소 절이기', '햇살 말리기'로 나눌 수 있는데, 우선 소금 절이기를 소개하고자 한다. 우리 가게에는 매실 15kg를 한꺼번에 담을 담금통이 없어 5kg와 10kg로 나누어 담았다. (2021년 7월 5일)

소금 절이기

재료: 황매실 15kg(89,600원), 아카지소 1.5kg(30,000원), 화요41(매실, 담금통을 소독하는 데 35% 이상 소주 사용) 375㎖(22,500원), 천일염(매실 양의 14%) 2.1kg(3,000원)

① 대나무 이쑤시개를 이용해 꼭지에 남아 있는 꼬투리를 떼 낸다.

② 물을 가득 담은 대야에 6시간 담가 두어 떫은맛을 뺀다.

③ 그 사이에 담금통을 꺼내 뜨거운 물로 1차 소독을 하고 말린다.

④ 스프레이로 담금통에 소주를 뿌리고 깨끗이 닦아 2차 소독을 한다.

⑤ 물에서 꺼낸 매실의 물기를 키친타월로 닦고, 넓게 펼쳐 말린다.

⑥ 말린 매실 하나하나에 스프레이로 소주를 뿌린 후 다시 말린다.

⑦ 소주로 소독한 도마에 매실을 굴리면서 매실을 부드럽게 만든다.

⑧ 매실 무게의 14%에 달하는 소금의 ⅓을 담금통 바닥에 깐다.

⑨ 매실 반과 소금 ⅓, 나머지 매실과 소금 ⅓을 담금통에 넣는다.

⑩ 비닐을 덮은 후 매실 무게와 같은 누름돌을 얹고 뚜껑을 덮는다.

⑪ 매일 한 번씩 통을 기울려 돌리면서 매실액을 매실 전체에 적신다.

⑫ 매실액이 매실 상단까지 올라오면 누름돌을 제거한다.

7월 초순 우메보시를 담기 시작해 2개월 만에 마무리를 지었다. 다행히 금요일부터 오늘 월요일까지 4일 내내 맑은 날씨라 마지막 과정인 도요보시土用干し(햇살 말리기)를 완성할 수 있었다. 우메보시의 맛을 더욱 진하게 하고 최종적으로 소독하는 과정이라 우메보시 만들기에서 꼭 거쳐야 하는 단계이다. '소금 절이기' 다음 단계인 '아카지소 절이기'와 '도요보시 土用干し(햇살 말리기)' 과정을 아래와 같이 소개해 본다. (2021년 9월 6일)

아카지소 절이기

① 매실 중량의 30%에 해당하는 아카지소를 준비한다.

② 아카지소를 물에 씻고 물기를 뺀 후 넓게 펼쳐 말린다.

③ 매실 중량의 6%에 해당하는 양의 천일염을 준비한다.

④ 커다란 볼에 아카지소와 준비한 천일염의 반을 넣고 거품과 즙이 나올 때까지 치댄다.

⑤ 나온 거품과 즙을 버린 후 남은 절반의 천일염을 넣고 위 과정을 반복한다.

⑥ 다시 거품과 즙을 버린 후, 매실 중량의 10%에 달하는 담금통 속 소금물을 붓는다.

⑦ 이 과정을 거친 아카지소를 매실이 담긴 담금통 속 매실 위에 올려놓는다. 용량이 적을 때는 매실 위에 올려놓는 것만으로도 밑바닥에 있는 매실까지 붉게 물들지만, 용량이 많을 때는 아카지소를 담금통 전체에 골고루 섞어 주어야 한다.

햇살 말리기

① 일기예보를 통해 3일 계속 맑은 날을 받는다.

② 첫째 날 아침 7시, 바람이 잘 통하고 해가 잘 드는 곳을 찾는다(옥상이나 베란다).

③ 담금통에서 매실을 하나씩 꺼내 서로 붙지 않도록 대나무 채반에 펼친다.

④ 오후 3시쯤 되면 말려 놓은 매실을 다시 담금통에 넣는다.

⑤ 둘째 날은 첫째 날의 과정을 반복한다.

⑥ 셋째 날에는 첫째, 둘째 날과 같이 매실을 말리지만 오후에 다시 담지 않고 밤새 둔다.

⑦ 넷째 날 아침, 말린 매실을 담금통의 매실식초에 적신 후 보관 용기에 담는다.

아카지소는 첫째 날부터 별도로 말리는데, 3일 정도 바싹 말려 푸드프로세서에서 곱게 갈아 오니기리용 후리카케(ふりかけ)로 사용한다.

노소동락

: 예순 넘은 초짜 셰프의 1인 식당 창업 분투기

초판 1쇄 발행 2024년 5월 31일

지은이 손 일
펴낸이 김선기
펴낸곳 (주)푸른길
출판등록 1996년 4월 12일 제16-1292호
주소 (08377) 서울시 구로구 디지털로 33길 48 대륭포스트타워 7차 1008호
전화 02-523-2907, 6942-9570~2
팩스 02-523-2951
이메일 purungilbook@naver.com
홈페이지 www.purungil.co.kr

ISBN 978-89-6291-099-5 03810

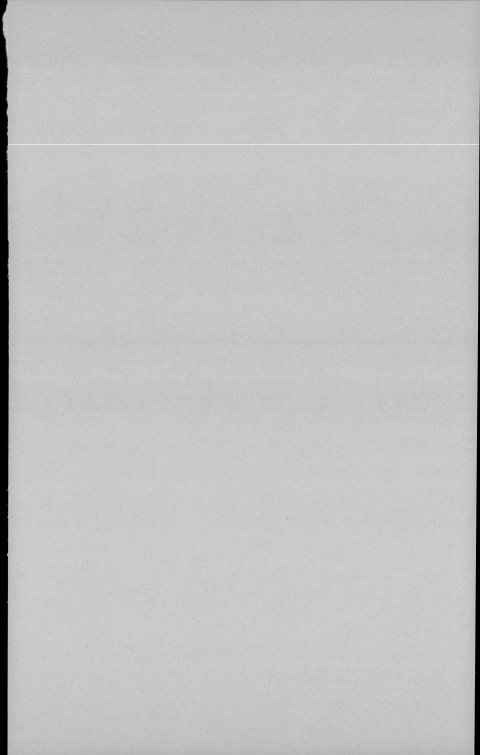